KB150459

韓國의 漢詩 26

栗谷 李珥 詩選

이 책을 옮긴 **허경진**은
1974년 연세대학교 국문과를 졸업하고,
1984년 같은 대학원에서 박사학위를 받았다.
목원대학교 국어교육과 교수를 거쳐
연세대학교 교수를 역임했다.
주요 저서로『조선위항문학사』,『대전지역 누정문학연구』
『넓고 아득한 우주에 큰 사람이 산다』,『허균평전』등이 있고
역서로는『다산 정약용 산문집』,『연암 박지원 소설집』,
『매천야록』,『서유견문』,『삼국유사』,『택리지』,
『한국역대한시시화』,『허균의 시화』가 있다.

韓國의 漢詩 · 26
栗谷 李珥 詩選

옮긴이 · 허경진

펴낸이 · 이정옥

펴낸곳 · **평민사**
1986년 4월 10일 초판 1쇄 발행
1996년 1월 10일 개정증보판 1쇄 발행
2020년 4월 30일 개정증보2판 1쇄 발행

주소 · 서울시 은평구 수색로 340, 동일빌딩 202호
전화 · 375-8571(영업)
팩시 · 375-8573
E-mail · pyung1976@naver.com
등록번호 · 제25100-2015-000102호

값 12,000원

韓國의 漢詩 26

栗谷 李珥 詩選

허경진 옮김

평민사

율곡 이이 시선의 개정증보판을 엮으면서

나는 학창시절부터 율곡 선생보다는 퇴계 선생에 대한
강의를 더 많이 듣고 자랐다. 지도교수께서 퇴계의 자손이다
보니, 그분에 대해 더 좋은 이야기를 많이 들었던 것이다.
내 나름대로 평가해 보아도 이 두 분의 학문세계가
달랐던 만큼, 시세계도 또한 다르게 느껴졌다.
오 년 전에 『퇴계·율곡 시선』을 함께 엮으면서 이 두 분의
시 시계가 손쉽게 비교되었는데, 이때부터 율곡 선생의 시에
대해서도 남다른 관심을 가지게 되었다. 선생의 다른
학설도 현실적이었지만, 특히 문학관은 시대를 앞서간
느낌이 들 정도로 현대적이었다. 선생은 "도는 오묘해서
형상이 없기 때문에, 문학을 통해서 도를 형상화한다
[道妙無形, 文以形道]"라고 설명하였으니, "문학이 도를 싣는다"
는 주돈이의 전통적인 설명보다 훨씬 발전한 논리를
내세운 것이다. 선생은 추상적인 철학이나 사상을 구체적인
형태로 형상화시킨 것을 문학이라 정의하였으니, 문학과
도를 떼려야 뗄 수 없는 관계로 파악한 셈이다.
물론 선생은 전통적인 유학자였으므로 도(道)를 본(本)이라 보
았고, 문(文)을 말(末)이라 보았다. 그렇지만 '도'와
'문'을 따로 떼어내 보지 않고, '도'와 '문'이 어우러진
상태를 가장 좋은 글이라고 보았다. "본(本)을 얻어
말(末)이 그 가운데 내재한 것은 성현의 문이고, 말만
일삼고 본을 힘쓰지 않는 것은 속유(俗儒)의 문이다"라고
경계하였으니, 『율곡전서』에 실린 선생의 글이 바로

"본(내용)을 얻었으면서도 말(형식)이 그 가운데 어우러진" 참
다운 글이라고 할 수 있을 것이다.
선생은 정통 유학자이면서도 남다른 경험을 많이 하였다.
특히 열여섯 나이에 어머니이자 스승이었던 사임당을
여의자, 삼년상을 지낸 뒤에 출가하여 금강산에 들어갔는데,
이때 일년 동안 불교와 우주 및 인간과 사회에 대해
많은 생각을 하게 되었다. 선생의 시에는 이러한 고민과
그에 대한 극복이 적나라하게 드러나 있다. 이 시선이
선생의 삶과 학문에 대해 조금이라도 도움이 되었으면 좋겠
다.

1995년 12월 20일
허 경 진

율곡전서 권1

화석정에서
花石亭 1543

숲속 정자에 가을이 벌써 깊어
시인의 생각은 끝이 없어라.
먼 강물은 하늘에 닿아 푸르고
서리 맞은 단풍은 햇빛 받아 붉어라.
산은 외로운 달바퀴를 토해내고
강물은 만리 바람을 머금었는데,
변방 기러기는 어디로 가는지
저녁 구름 속으로 그 소리 사라지네.

林亭秋已晩, 騷客意無窮.
遠水連天碧, 霜楓向日紅.
山吐孤輪月, 江含萬里風.
塞鴻何處去, 聲斷暮雲中.

■
 * 화석정은 경기도 파주군 율곡리에 있는 정자인데, 율곡의 선대에 지
어졌다. 율곡이 여덟 살 되던 1543년에 화석정에 올랐다가 이 시를 지
었다.

우연히 흥이 나다
偶興二首 1553

1.
솔숲 아래로 걸어가서
술 항아리를 열었더니 솔내가 퍼지네.
기러기 날아가는 산봉우리에 비가 어둡게 내리고
시냇물은 바윗가의 이끼를 씻으며 흐르네.

步屧松林下,　開樽空翠來.
雨昏鴻外岫,　溪漱石邊苔.

2.
땅의 형세는 작은 산들이 흩어진데다
샘의 근원은 수많은 구렁에서 나뉘어 흘러나오네.
숨어 사는 사람이 아침저녁마다 하는 일이란
한가한 구름 맞았다가 보내는 것뿐이라네.

地勢千山小,　泉源萬壑分.
高人獨昏曉,　迎送只閒雲.

동문을 나서면서
出東門 1554

하늘과 땅은 누가 열었으며
해와 달은 누가 갈고 씻었던가.
산과 강물은 이미 얽혀진데다
추위와 더위가 번갈아 찾아드네.
우리 인간이 만물에 처해
그 지식 가장 으뜸가는데,
어찌 한 곳에만 매달린 조롱박처럼 되어
쓸쓸하게 한 처소에서 헤매이랴.[1]
팔방과 구주 사이에
어디가 막혀서 맘껏 놀지 못하랴.
저 봄 산 천 리 밖으로
지팡이 짚고 내 장차 떠나리라.
그 누가 나를 따를는지
저녁 어스름에 부질없이 서서 기다리네.

■
* 어머니의 3년상을 마친 뒤에, 금강산으로 떠나면서 이 시를 지었다.
1. "내 어찌 조롱박이랴. 한 곳에만 매여서, 음식도 안 먹을 수 있으랴"
라고 공자가 말하였다. - 『논어』 「양화」편.

乾坤孰開闢，　日月誰磨洗.
山河旣融結，　寒暑更相遞.
吾人處萬類，　知識最爲巨.
胡爲類匏瓜，　戚戚迷處所.
八荒九州閒，　優游何所阻.
春山千里外，　策杖吾將去.
伊誰從我者，　薄暮空延佇.

도중에서
途中 1554

밥 짓는 연기가 오르고 한낮의 닭은 우는데
숨어 사는 사람이 지팡이 짚고 시냇가에 이르렀네.
산집이라 사월이 되도록 봄이 다 가지 않아
울타리 둘러싼 나물꽃이 울긋불긋해라.
오솔길에는 뽕 따는 아낙네가 이따금 보이고
남쪽 들판에선 들밥 나오는 게 자주 보이네.
비낀 햇살 이슬비 속에 외진 마을을 찾아들자
목동의 피리와 나무꾼의 노래가 어울려 들리네.
사립문을 두드려 주인을 불러내자
늙은이가 나를 보며 반갑게 맞아주네.
소나무 평상에 대자리가 너무나 깨끗해
비단 같은 인간 사치는 알지도 못하네.
늙은이 말로는 지나온 세상 햇수도 기억 못 해
괴로움과 편안함 슬픔과 기쁨을 다 맛보았다네.
인정은 매미날개처럼 얄팍해 그지없이 무상하니
말하고 웃는 그 속에도 칼날이 감춰져 있었다네.
내 이제는 조촐하게 몸 지니며 여생을 보전하리니
본래 칭찬이 없는데 누가 헐뜯으랴.
그대를 만난 김에 세상일들을 묻고 싶으니
시운이 몇 번이나 통했다가 막혔는가
부디 내 이름 가져다 속세에 퍼뜨리지 마소

나는 지금 숨어 사는 사람이라오.
닭 잡고 기장밥 지어 나를 배불린 뒤에
빈 집에 함께 누워 자면서 성리를 이야기하였네.
기이한 말과 위험한 이야기가 가끔 상도에 벗어나더니
장자와 열자 따위는 개미처럼 내려다보았네.
이튿날 아침에 잠 깨어보자 사람은 보이지 않고
빈 뜨락에는 벗어둔 신발만 보였네.

炊烟一抹午鷄鳴,　幽人策杖臨溪水.
山家四月春不盡,　夾籬菜花紛靑紫.
微行時有採桑女,　南畝頻看饁擧趾.
斜陽疏雨入孤邨,　牧笛樵歌相應起.
柴門剝啄喚主人,　老翁見我如相喜.
松牀竹席極瀟灑,　不知人閒羅綺侈.
翁言閱世不記年,　勞佚悲歡皆染指.
人情蟬翼苦無常,　刀劍藏於言笑裏.
我今持拙保餘年,　本來無譽誰爲毁.
逢君欲問蝸角事,　時運幾泰還幾否.
莫將名字播紅塵,　我是當年被衣子.
旋將鷄黍飽我飢,　伴宿虛齋談性理.
奇言險語或不經,　下視莊列如螻蟻.
明朝睡覺寂無人,　只見空庭遺脫蹝.

보개산을 바라보며
望寶蓋山 1554

보개산 모습이 눈 안에 들어오네.
골짝 어귀엔 흰 구름이 막혔겠지.
아마 은자도 봄잠에 한참 취해
솔 밑에서 두던 바둑 치우지 않았겠지.

寶蓋山容入望中,　洞門應有白雲封.
遙知隱者饒春睡,　松下殘棊斂未終.

■

　* 보개산은 용인·연천·철원 등지에 있다. 이 시는 율곡이 어머니의
3년상을 마치고 들어가던 길에 지었으므로, 연천과 철원 사이에 있는
보개산인 듯하다.

산 속에서
山中 1554

약초를 캐다가 문득 길을 잃었네.
천여 봉우리가 가을 낙엽 속에 있구나.
스님이 물을 길어 돌아가니
수풀 끝에서는 차 달이는 연기가 일어나네.

採藥忽迷路,　千峰秋葉裏.
山僧汲水歸,　林末茶烟起.

풍악산에서 작은 암자에 있는 늙은 스님

楓嶽贈小庵老僧 1554

내가 풍악산에 노닐다가, 하루는 혼자 깊은 골짜기를 몇 리쯤 걸어 들어갔다. 조그만 암자 하나를 발견했는데, 어떤 늙은 스님이 있었다. 그 늙은 스님은 가사를 걸친 채로 단정히 앉아 나를 보았는데, 일어나지도 않고 한 마디 말도 없었다. 부엌은 밥을 짓지 않은 지가 며칠이나 된 듯하였다. "여기에서 무얼 하고 있소?"라고 내가 물었지만, 그 스님은 웃기만 하고 대답하지 않았다. 내가 또 "무얼 먹고 굶주림을 면하오?"라고 물었더니, 그가 소나무를 가리키면서 대답하였다. "저게 내 식량이라오" 내가 그의 변론을 시험하기 위해 "공자와 석가는 그 누가 성인이오?"라고 물었더니, "선비는 나를 놀리지 말구려"라고 그가 대답하였다. "불교는 오랑캐의 교(敎)여서 중국에선 시행할 수 없소"라고 내가 다시 말했더니, "순임금도 동이(東夷) 사람이고 문왕도 서이(西夷) 사람인데,[1] 그럼 이들도 또한 오랑캐란 말인가?"라고 그가 대답하였다. "불가(佛家)의 묘한 곳이 우리 유가(儒家)를 벗어나지 못하거늘, 하필이면 유가를 버리고 불가를 찾아 들어가셨소?"라고 내가 물었더니, "유가에도 '마음이 바로 부처다'라는 말이 있소"라고 그가 말하였다. "맹자께서 성선(性善)을 말씀할 때마다 반드시 요순을 일컬었으니, 이것이 '마음이 바로 부처다'라는 말과 무엇이 다르겠소만, 우리 유가에서 본 것이 실리를 얻었을 뿐이오"라고 내가 말했더니, 그가 긍정하지 않는 채로 한참 있다가 이렇게 물었다. "'색(色)도 아니고 공

(空)도 아니다'는 말이 있는데, 어떻게 생각하시오?" "이것도 또한 앞의 경계일 뿐이오"라고 내가 대답했더니, 그는 빙그레 웃었다. 내가 이어서 "'소리개는 날아서 하늘에 닿고 물고기는 연못에서 뛴다'[2]는 말이 있는데, 이것은 색이오 공이오?"라고 물었더니 그가 이렇게 대답하였다. "색도 아니고 공도 아닌 것이 바로 진여(眞如)의 본체라오. 어찌 『시경』의 그러한 것에 비교할 수 있겠소?" 그래서 내가 웃으며 이렇게 대답하였다. "이미 말의 표현이 있으면 그게 곧 대상의 경계가 되는 법이니, 어찌 본체라 하겠소? 만약 그렇다면, 유가의 묘한 경지는 말로써 전할 수가 없는데, 불가의 도는 문자(文字)의 밖에 있지 않은 곳이 된다오." 그가 깜짝 놀라 내 손을 잡으면서 말하였다. "그대는 세속의 선비가 아니구려. 나를 위해 시를 지어서, 소리개가 날고 물고기가 뛰는 그 글귀의 뜻을 풀어 주시오." 그래서 내가 한 절구를 써주었다. 그는 보고 난 뒤에 소매 속에 넣고는, 벽을 향해 돌아앉았다. 나는 그 골짝을 나오면서도 그가 어떤 사람인지를 확실히 알 수 없었다. 사흘 지난 뒤에 다시 찾아가 보니, 조그만 암자는 그대로 있었지만 스님은 벌써 떠나가 버렸다.

■

1. 순임금은 제풍(諸馮)에서 태어나 명조(鳴條)에서 죽었으니 동이 사람이고, 문왕은 기주(歧周)에서 태어나 필영(畢郢)에서 죽었으니 서이 사람이다. -『맹자』「이루(離婁)」하.
2. 『시경』「대아(大雅)」「한록(旱麓)」편

물고기 뛰고 솔개가 나는 것, 위아래가 한 가질세.
저것은 색도 아니고 공도 아닐세.
무심히 한번 웃고 내 신세를 돌아보니
햇살 비낀 숲속에서 나 홀로 섰어라.

魚躍鳶飛上下同.　這般非色亦非空.
等閒一笑看身世,　獨立斜陽萬木中.

풍악산에서 본 대로 쓰다

楓嶽記所見 1554

타고난 천성이 산수를 좋아해서
지팡이에 나막신으로 동쪽에 노닐었네.
세상일은 도무지 마음에 없어
다만 명산을 찾아 풍악으로 향하였네.
처음엔 시냇가 따라 오솔길을 만났는데
차츰 가파른 길이 산기슭까지 통하였네.
푸른 연기 오르는 곳에 종소리 이따금 들리니,
가까운 숲속에 절이 있는 걸 알겠어라.
걷다 보니 날 저물고 길도 막혔는데
파란 전나무 들어찬 곳에 붉은 집이 보이네.
승방 빌려 누웠지만 꿈도 못 이루고
창 너머로 밤새도록 폭포 소리만 들었네.
이른 아침 죽 공양 때 목어[1]가 움직이자
천여 명 승려들이 한 뜰에 모여드네.
그때 내가 문을 나와 앞길을 묻자
어떤 스님 손가락으로 푸른 산 북쪽을 가리켰네.
옷자락 걷고 풀을 헤쳐도 힘든 줄 모르겠어라.
맑은 바람으로 두 겨드랑이를 끌게 하고 싶어라.
덩굴이 해를 가린 골짝 깊숙이 들어가다가

■

1. 나무로 물고기 모양처럼 만들어 고당(庫堂)의 곁에 매달아 놓고, 식사 때에나 스님들을 불러 모을 때에 두드려서 알리는 기구이다.

좁은 길 돌부리에 옷자락이 걸렸네.
곧바로 높은 봉우리에 오르자 비로소 넓게 트여
온 지경 삼라만상을 거둬들일 수 없어라.
물소린지 바람소린지 분별하기 어려우니
몇 군데 흩날리는 폭포가 여러 구렁을 뒤흔드는가.
머리 들고 동쪽을 바라보니 눈앞이 아득해
망망한 큰 바다가 하늘에 닿아 푸르네.
이곳에 노닐다 보니 물외인(物外人)이 되었는지
가슴속의 온갖 번뇌를 다 씻어 버렸네.
놀랍게도 숲 끝에 또 절이 있어
다가가서 선방 문을 똑똑 두드렸네.
아무도 없이 고요한 뜰엔 새 한 마리 울고 있고
창 밖에 냇물이 맑아 발 씻기도 어려워라.
다시 그윽한 길 찾아 가파른 바위를 돌고
손 내밀어 덩굴을 잡다 여러 번 미끄러졌네.
가파른 산길 헤매다 작은 암자를 만났지만
사방에 방초뿐, 사람 자취는 볼 수 없어라.
봉우리는 깎아 세워져 날아갈 듯 괴상한데
눈빛 덮인 산줄기 멀리까지 끝없어라.
푸른 하늘이 땅에서 한 자도 안 떨어졌으니
머리 위 별들을 손으로 딸 것 같아라.
보이는 것이라곤 오가는 구름뿐

뜰 아래 천여 봉우리 푸르거나 하얗구나.
우르릉 천둥소리 몸 구부려 듣고서야
인간 세상에 비바람 일어나는 줄 알겠어라.
문 열고 홀연히 선정(禪定)에 든 스님을 보니
수련하여 여윈 모습 학과 같아라.
혼연히 나를 보곤 말도 하지 않은 채
선상(禪床) 깨끗이 쓸고서 나를 머물러 묵게 하였네.
이른 새벽 나를 깨워 해 뜨는 걸 보라기에
놀라 일어나 창문 열고 멀리 내다보았네.
동쪽이 죄다 붉은 비단 속으로 들어가
아침노을인지 바다 빛인지 분별할 수 없어라.
잠시 뒤 해바퀴가 부상[2]에 솟아올라
하늘과 땅을 비추며 어둡던 밤을 깨뜨렸네.
스님 말씀, 여기가 가장 뛰어난 곳이라오.
세상 사람이 신선 세계를 어찌 날아오겠소.
나는 아직도 속세의 인연 다하지 않아
이곳에 살며 나의 즐거움을 온전히 할 수는 없어라.
이 즐거운 놀이를 뒷날 다시 하게 되면
산신령이여 오늘의 일을 꼭 기억해 주소서.

■
2. 동쪽 바다 해 돋는 곳에 있다는 신목(神木)이다.

吾生賦性愛山水，　　策杖東遊雙蠟屐．
世事都歸掉頭中，　　只訪名山向楓嶽．
初沿石川得小逕，　　漸見鳥道通山麓．
林閒有寺知不遠，　　靑煙起處疏鐘落．
行行日暮路窮時，　　蒼檜蕭森露朱閣．
僧房寄臥不成夢，　　隔窓終夜聞飛瀑．
平明粥熟木魚動，　　一庭緇髡羅千百．
我時出門問前途，　　有僧指點靑山北．
褰衣披草不辭勞，　　欲使淸風駕兩腋．
藤蔓蔽日入洞深，　　石角拘衣知路窄．
直上高峯始豁然，　　萬境森羅收不得．
風聲水響浩難分，　　幾道飛泉喧衆壑．
擡頭東望眼力盡，　　茫茫大洋連天碧．
逍遙便作物外人，　　洗盡胸中塵萬斛．
忽驚蘭若在林端，　　往扣禪扉聲剝啄．
空庭寥寂一鳥鳴，　　門外溪淸難濯足．
更尋幽逕傍危巖，　　引手攀蘿屢敧側．
崎嶇上下得小菴，　　四面芳草無人迹．
峯巒削立怪欲飛，　　雪色嵯峨迥無極．
靑天去地不盈尺，　　頭上星辰手可摘．
雲來雲去何所見，　　階下千峯靑又白．
雷聲殷殷俯可聽，　　知是人閒風雨作．

排門忽見入定僧，　鍊得身形瘦如鶴.
欣然見我不相語，　淨埽禪牀留我宿.
凌晨蹴我見出日，　驚起開窓遙送目.
東方盡入紅錦中，　不辨朝霞與海色.
須臾火輪涌扶桑，　照破乾坤一夜黑.
僧言此地最奇絶，　世閒何翅仙凡隔.
嗟余俗緣磨不盡，　不能棲此全吾樂.
他年勝遊如可續，　寄語山靈須記憶.

송라암
松蘿菴 1554

절간이 천 년이나 되어
오솔길에는 소나무 겨우살이가 우거졌네.
스님이 높다란 나무 저 밖으로 돌아가자
저물어가는 산그늘 위로 새가 날아오네.
절벽에서 구름이 일어나 옷은 젖었지만
산봉우리에 달이 떠오르자 창문이 밝아졌는데,
밤이 되면서 온 천지가 고요해지자
샘물 소리만이 거문고 소리를 내네.

蘭若千年境,　松蘿一逕深.
僧歸喬木外,　鳥度暮山陰.
衣濕雲生壁,　窓明月上岑.
夜來羣籟靜,　泉石奏瑤琴.

보응 스님과 함께 산에서 내려와
與山人普應下山至豊巖李廣文之元家宿草堂 1555

도를 배우니 집착이 없어져
인연 따라 어디든 떠돌아다니네.
잠시 청학동을 하직하고는
백구주에 와서 즐긴다네.
신세는 구름 천리이고
하늘과 땅은 바다 한 구석인데,
그대 초당에 하룻밤 묵어가노라니
매화에 비친 달이 바로 풍류일세.

學道卽無著,　隨緣到處遊.
暫辭靑鶴洞,　來玩白鷗洲.
身世雲千里,　乾坤海一頭.
草堂聊奇宿,　梅月是風流

산 속에서 네 수를 읊다
山中四詠 1555

바람(風)

나무 그늘이 처음 짙어가고 여름 해는 더디기만 한데
구름을 찌른 나뭇가지에선 늦바람이 일어나네.
숨어 사는 사람이 잠 깨어 옷깃 펼치며 일어나다가
뼈 속에 스며드는 서늘함을 혼자서만 아네.

樹影初濃夏日遲.　晚風生自拂雲枝.
幽人睡罷披襟起,　徹骨淸涼只自知.

달(月)

만 리에 구름 한 점 없는 푸른 하늘
어스름한 산마루에 광한궁[1]이 나타났네.
세상 사람들은 찼다가 이지러지는 모습만 볼 뿐,
달바퀴가 밤마다 둥근 줄은 모른다네.

萬里無雲一碧天.　廣寒宮出翠微巓.
世人只見盈還缺,　不識氷輪夜夜圓.

■

1. 딜 기운데 있다는 전설 속의 궁전 이름. 이 궁전 안에 또한 백옥루
가 있다.

물(水)

밤낮으로 구름을 뚫어 잠시도 쉬지 않으니
근원과 갈래가 함께 끝없음을 비로소 알겠어라.
강과 바다의 천층 물결을 보게나
모두가 깊은 샘 한 줄기로부터 흐른다네.

晝夜穿雲不暫休.　始知源派兩悠悠.
試看河海千層浪,　出自幽泉一帶流.

구름(雲)

얼마나 깊은 산에 날아드는지
골짜기 속의 원숭이와 학들이 바로 벗들이라네.
어떻게 하면 신룡을 따라가서
창생들이 비를 바라는 마음을 위로해 줄 수 있으려나.

飛入靑山幾許深.　洞中猿鶴是知音.
何如得逐神龍去,　慰却蒼生望雨心.

우연히 시를 짓다
偶成 1555

취미를 얻어 스스로 근심을 잊으려는데
시를 읊어도 글귀가 이뤄지지 않네.
꿈길에 얼핏 고향 산천을 돌아보니
가을 강에 비가 내려 낙엽이 지네.

得趣自忘憂.　吟詩不成句.
鄕關夢乍回,　木落秋江雨

등불 아래서 글을 보며
燈下看書 1555

인간 어디에 광거(廣居)[1]가 있단 말인가
백 년 이 신세가 쉬었다 갈 뿐일세.
신선산에 노닐던 꿈에서 처음으로 깨어나
외로운 등불 아래 옛 책을 본다네.

何處人間有廣居.　百年身世是蘧廬.
初回海外游山夢,　一盞靑燈照古書.

■
1. 맹자는 대장부가 천하의 광거(넓은 집)에 산다고 하였다. "참다운 대
장부는 천하의 넓은 집인 인(仁)에 살고, 천하의 올바른 자리인 예(禮)
위에 서며, 천하의 커다란 도인 의(義)를 실행한다." -『맹자』「등문공」
하.

배천 시냇가에서 달빛에 술잔을 기울이며
白川邊酌月 1556

옷은 삼경 이슬에 젖고
구름은 한 줄기 바람에 걷히네.
서늘한 달빛 아래 술단지를 열었더니
수정궁[1] 안에 사람이 있구나.

衣濕三更露,　雲收一笛風.
開樽涼月下,　人在水晶宮.

---

1. 수정으로 만든 궁전. 이 시에선 술단지이다.

굽은 길에다 말을 세우고 가야산을 되돌아보며
立馬羊腸回望伽倻山 1557

꼬부라진 길 어귀에 말을 세우고 돌아다보니
구름이 감싸 산은 보이지 않네.
정다운 저 푸른 냇물만이
날 따라 인간 세상으로 나오는구나.

立馬羊腸口,　雲回不見山.
慇懃碧溪水,　隨我出人間.

석천의 시에 차운하다
次韻石川億齡韻 1558

석천은 옛 풍모를 지닌 선비이니
비바람이 붓끝에서 일어나네.[1]
준일하고도 청신함을[2]
공이 이제 한 몸에 지녔으니,
흥이 나면 백여 장 종이에 다 시를 써서
잠깐 사이에 책을 이루네.
부끄럽게도 소자의 재주로는
공의 당과 실을[3] 엿볼 수도 없건만,
한자리에서 직접 가르침을 받으니
같은 시대에 태어난 게 너무도 다행스러워라.
내 평생 무릎을 꿇지 않았건만
오늘 공 앞에서 무릎을 꿇었네.

■

* 석천은 임억령(1496~1568)의 호이고 자는 대수(大樹)인데, 을사사화 때에 아우 임백령이 소윤(小尹) 일파에 가담하여 대윤의 사대부들을 추방하자 벼슬을 버리고 해남에 은거하였다. 나중에 다시 등용되어 담양부사와 관찰사를 역임하였다. 율곡이 선배인 임억령과 많은 시를 주고받았다.

1. 두보가 지은 「기이백시(寄李白詩)」에, "붓이 떨어지자 비바람이 놀라고, 시가 이뤄지자 귀신이 운다[筆落驚風雨, 詩成泣鬼神.]"라고 하였다.

2. 두보가 지은 「억이백시(億李白詩)」에, "청신하기는 유개부 같고, 준일하기는 포참군 같네.[淸新庾開府, 俊逸鮑參軍.]"라고 하였다. 유개부는 유신(庾信)이고 포참군은 포조(鮑照)를 가리키는데, 이 시인들의 벼슬을 붙여 부른 것이다.

石川古遺士,　風雨生揮筆.
俊逸與清新,　公今合爲一.
興來百紙盡,　倏忽成卷帙.
小子才可愧,　不能窺堂室.
一席得親炙,　何幸同時出.
生平不屈膝,　今日爲公屈.

■

3. 『논어』 「선진」 편에 나오는 말인데, 학문의 단계를 비유하여 말한
것이다.

성산에서 강릉을 향하여 가다

自星山向臨瀛 1558

나그네 길에 봄도 반나마 지났는데
역마을에는 해가 기울려고 하네.
나귀 죽 먹일 곳이 어디쯤 있으려나
연기 오르는 그 곁에 인가가 있네.

客路春將半,　郵亭日欲斜.
征驢何處秣,　煙外有人家.

---

* 율곡은 22세 되던 1557년 9월에 성주목사 노경린의 딸에게 장가들었는데, 그 이듬해인 1558년 봄에 성주에서 강릉으로 가다가 이 시를 지었다.

예안을 지나다가 퇴계 이선생을 뵙고 율시를 바치다
過禮安謁退溪李先生滉仍呈一律 1558

시냇물은 사사의 물결에서[1] 나뉘어졌고
봉우리는 무이산처럼[2] 빼어났네.
생계는 천 권의 경전이고
생애는 두어 간 집뿐일세.
선생의 마음은 갠 하늘에 밝은 달보다[3] 더 깨끗하고
말씀과 웃음이 거센 물결을 그치게 하시네.
소자는 도를 들으려 찾아왔지
한가한 시간을 보내려 온 게 아니라오.

■

* 이 시는 『율곡전서』 권1에 제목만 실려 있고, 시는 실려 있지 않다. "『쇄언』에 보인다"는 주만 덧붙어 있다. 「연보」에서 옮겨 실었다.
　(성주에서 강릉으로 가던 율곡은 도산에서) 이틀을 머무르다가 떠났는데, 퇴계가 (자기 제자인) 조목에게 보낸 편지에서 이렇게 말하였다. "아무개(율곡)가 찾아왔는데 그 사람됨이 밝고도 시원스러우며 지식과 견문이 많고 또 우리 학문에 뜻이 있으니, 후생가외(後生可畏)라는 공자의 말이 참으로 나를 속이지 않았다. 그가 문장을 지나치게 숭상한다는 소문을 일찍이 들었기에 조금 억제해 주려고, 시를 짓지 말라고 하였다. 그가 떠나던 날 아침에 마침 눈이 내렸기에 시험 삼아 시를 지으라고 해보았더니, 옛날 말에 기대서서 시를 짓던 재주꾼처럼 그 자리에서 두어 편 시를 지었다. 그 시를 평가한다면 그 사람만은 못하다고 하겠지만, 그러나 역시 볼 만하다." ─ 「연보」 『율곡전서』 권33
1. 수수와 사수는 중국 산동성에 있는 강 이름인데, 공자가 이 언저리에서 제자들을 가르쳤다. 이 시에서는 퇴계가 머물면서 제자들을 가르쳤던 퇴계를 가리키는 동시에, 퇴계가 공자에게서 학통이 이어졌음을 뜻한다.

溪分洙泗派,　峯秀武夷山.
活計經千卷,　生涯屋數間.
襟懷開霽月,　談笑止狂瀾.
小子求聞道,　非偸半日間.

2. 중국 복건성에 있는 산 이름인데, 송나라 때에 주자가 머물면서 제
자들을 가르쳤던 곳이다. 이 시에서는 퇴계가 머물면서 제자들을 가르
쳤던 도산을 가리키는 동시에, 퇴계의 학통이 주자에게서 이어졌음을
뜻한다.
3. 『송사(宋史)』 「주돈이전(周敦頤傳)」에서 그의 마음을 "흉금쇄락(胸襟
洒落) 여광풍제월(如光風霽月)"이라고 표현하였다.

국화 꽃잎을 술잔에 띄우고
泛菊 1558

서리 속의 국화를 사랑하기에
노란 잎을 따서 술잔에 가득 띄웠네.
맑은 향내는 술맛을 더하고
빼어난 빛은 시인의 창자를 적셔주네.
도연명이 무심히 잎을 따고[1]
굴원이 잠시 꽃을 맛보았지만,[2]
어찌 정다운 이야기만 나누는 것이
시와 술로 함께 즐기는 것 같으랴.

爲愛霜中菊,　金英摘滿觴.
淸香添酒味,　秀色潤詩腸.
元亮尋常採,　靈均造次嘗.
何如情話處,　詩酒兩逢場.

■

1. 도잠이 지은 「음주시(飮酒詩)」에 "동쪽 울타리 밑에서 국화를 따고,
물끄러미 남산을 바라보네[採菊東籬下, 悠然見南山]"라는 구절이 있다.
2. 굴평이 지은 「이소(離騷)」에 "아침엔 목란에서 떨어지는 이슬을 마시
고 저녁엔 국화에서 떨어진 꽃잎을 먹네[朝飮木蘭之墜露兮, 夕餐秋菊之
落英]"라는 구절이 있다.

강복사의 석불
降福寺石佛 1560

진부한 것과 신기한 것이 본래 다른 물건 아니라네.
단청한 대웅전과 거친 풀, 어느 게 참이고 거짓이랴.
어찌 알았으랴 저 길가에 선 한 조각돌이
복 비는 사람 끝없이 끌어들일 줄이야.

臭腐神奇非異物,　畫殿荒草孰爲眞.
那知路傍一片石,　却引無窮祈福人.

시를 재촉하는 비
催詩雨 1560

구름이 푸른 산을 둘러 반쯤 삼켰다가 뱉더니
갑자기 비가 흩날려 서남쪽을 씻어 주네.
어느 때가 시를 지으라고 가장 재촉하던가
연잎 위에 구슬 두세 개 구를 무렵이라네.

雲鎖靑山半吐含.　驀然飛雨灑西南.
何時最見催詩意,　荷上明珠走兩三.

옥계동에 들어갔다가
入玉溪洞 1560

맑은 시냇물 따라가다 보니 걸음이 더디기만 한데
기이한 바위 매달린 폭포에 눈꽃이 흩날리네.
물 끝나는 곳에는 도인이 응당 있으련만
길 끊어지고 구름이 깊어 쓸쓸히 돌아섰네.

行傍淸溪步步遲.　奇巖懸瀑雪花飛.
羽人應在水窮處,　路斷雲深惆悵歸.

고산 황기로의 죽음을 슬퍼하며
挽黃孤山耆老 1560

취한 붓과 아름다운 술로 오십 년을 보내며
호기를 지니고도 어렵게 살았네.
옷은 한양의 천 집 술에 얼룩지고
붓은 인간세상 만 부엌 연기에 그을렸네.
매화 핀 둑엔 봄 되며 혼이 이미 돌아왔건만
학 노니는 물가엔 주인이 없어 달만 공연히 둥글구나.
만사를 지으며 한번 통곡했건만, 그대여 아시는지.
남풍을 향하여 눈물만 샘솟듯 하네.

醉墨甘觴五十年.　却將豪氣困沈緜.
衣黼洛下千家酒,　筆染人閒萬竈烟.
梅塢有春魂已返,　鶴汀無主月空圓.
緘辭一哭君知否,　立向南風淚似泉.

■
  * 황기로는 1534년 진사시에 합격하여 별좌에 이르렀으며, 초서에 초
성(草聖)이라고 불렸다.

청송 선생의 은거를 찾아가서
坡山奉呈聽松成先生 守琛 1560

고요한 속에 생애가 넉넉해
인간 세상의 일은 들리지 않네.
세속으로 통하는 길은 풀이 막아 버렸고
산에서 내려온 구름은 처마에 머물러 있네.
움직이든 가만히 있든, 아침엔 『주역』을 읽고
나가든 머물든, 낮에도 문을 닫으셨네.
손님이 오면 무엇을 얻은 것처럼 기뻐하여
맑은 이야기가 혼미한 나를 깨뜨려 주시네.

靜裏生涯足,　人間事不聞.
草封趨俗路,　簷宿下山雲.
動靜朝看易,　行藏晝掩門.
客來欣所得,　淸話破吾昏.

＊ 청송(聽訟) 성수침(成守琛)이 기묘사화에 얽혀서 아들 성혼(成渾)의
처가 가까이 은거하고 있었는데, 마침 파주 율곡에 있던 율곡이 이 시
를 지어 올렸다.

개천으로 돌아가는 토정 이지함을 송별하다
送李土亭之菡還開天

형과 아우가[1] 모두 깨끗한 사대부인데
좋은 곳 골라 집 옮기며 한 구역을 차지하였네.
살림이라야 조촐해서 한 수레에 차지도 않고
시끄런 세속과 뚝 떨어져서 주위가 더욱 그윽해라.
붉은 가시 그늘 속에 초가삼간으로 만족한데다
누른 송아지 언덕가에는 밭 두어 이랑이 넉넉하다니,
다시 만나자는 약속은 어느 날에야 이뤄지려나
봄날 강가에 멍하니 서서 조각배를 보내네.

難兄難弟摠清流.　選勝移家占一區.
活計蕭條車不滿,　塵紛聞絶地偏幽.
紫荊陰裏三閒足,　黃犢坡邊二頃優.
何日得諧携手約,　春江佇立送扁舟.

■
1. 형은 성암(省庵) 이지번(李之蕃)이며, 아우가 토정 이지한(1517~
1578)이다. 토정이 명당을 잡아서 이지번의 아들 이산해가 영의정이 되
었다고 한다.

상산동에서
上山洞

동구에 들어서자 산 모습이 저절로 달라져
물 따라가며 지경이 더욱 새로워지네.
숲이 깊어 더위를 잊게 하고
샘물 소리가 사람을 멈추게 하네.
이끼 낀 돌에는 짚신이 미끄럽고
구름 낀 언덕에는 그늘진 자리가 사랑스러운데,
맑은 시를 미처 다 읊지도 못하고
티끌세상 향해 떠나는 게 부끄러워라.

入洞山容別,　沿流境漸新.
林深不受暑,　泉語解留人.
苔石承鞋滑,　雲厓蔭席親.
淸詩吟未了,　慙愧向紅塵.

청송 선생을 곡하다
哭聽訟先生 1564

산악의 정기로 큰 사람이 길러져서
유림으로부터 본보기가 되었건만,
구름 날개가 북녘 바다에서 솟구쳐 날아오르는 걸
보지 못했으니[1]
서리 맞은 국화가 동쪽 울타리에서 시든 것이 안타까워라.
맑은 바람과 밝은 달빛이 영향을 남겼으니
위아래 시내와 산에서 자손들에게 전수되었네.[2]
장부의 눈물을 평생 다 쏟았으니
선생이 아니라면 누구 위해 통곡할 건가.

嶽精偏毓碩人頎.　坐使儒林仰羽儀.
雲翼未瞻搏北極,　霜英還惜老東籬.
淸和風月流聲影,　上下溪山入燕貽.
滴盡平生壯夫淚,　非斯爲慟爲伊誰.

■
1. 재능과 포부를 다 펴지 못한 것을 뜻한다. 『장자』「소요유」에 보면, 곤(鯤)이란 물고기가 대붕(大鵬)으로 변한 뒤에 단숨에 구만 리 하늘로 솟구쳐 날았다고 한다.
2. 원문의 연이(燕貽)는 『시경』「문왕유성(文王有聲)」에서 나온 말인데, "손자에게 좋은 계책을 전수하였으니, 그 아들은 저절로 편안하게 되었네.[貽厥孫謨, 以燕翼子]"라고 하였다. 청송 성수침의 아들 성혼이 아버지에게 교육 받아 훌륭한 성리학자가 되었다.

오원역에 쓰다
題烏原驛三首 1564

1.
동녘 바다의 만경창파가
시인의 한눈에 모두 들어오네.
고기잡이 배도 보이지 않으니
하늘과 물을 어찌 분별하랴.

東溟萬頃波,　摠入吟眸裏.
不見採魚船,　寧分天與水.

2.
날 저물 무렵에 혼자 턱 괴고 앉았노라니
나무꾼 노래가 어디선가 들여오네.
대숲 흔드는 가벼운 바람 소리가
마치 숨어 사는 사람과 이야기하는 듯해라.

薄暮獨支頤,　樵歌起何處.
輕風動竹林,　似與幽人語.

3.
봉래섬을 떠난 지가 오래 되어서
바다 위의 산을 찾아와 노닐었네.
시 짓는 건 다만 장난삼아 할 뿐이건만
이름자가 인간 세상에 알려졌다네.[1]

久別蓬萊島, 來游海上山.
題詩聊戲耳, 名字落人間.

하수에 이르러 탄식하다

臨河歎 1567

걷고 또 걸어서
하숫가에 이르니,
하수가 넘실거려
검은 파도 천 길이나 깊어라.
건너고 싶지만 배가 없어서
비낀 햇살에 굽어만 보네.
우리 도는 끝내 어디로 갔는지
하늘의 뜻이 아득해 알 수 없어라.
기린 봉황이 제 살 곳을 택하지 못한다면
범상한 새 짐승과 무엇이 다르랴.
얻고 잃는 것이 모두가 천명이니
돌아가는 나를 그 누가 붙잡으랴.
아름다워라, 저 하수여
공부자의 마음을 참으로 알았으리라.

---

 * 공자가 조(趙) 간자(簡子)를 만나려고 하수(河水)까지 이르렀지만, 도
가 행해지지 못할 것을 짐작하고 흘러가는 물을 보고 탄식했었다. 그
고사를 가지고 이 시의 제목을 삼은 것이나.

行行復行行，　曰至河水潯．
河水去洋洋，　黑波千丈深．
欲濟舟楫闕，　斜陽空俯臨
吾道竟何之，　天意杳難尋．
麟鳳不擇所，　何殊凡獸禽．
得失命也夫，　歸歟誰我禁．
美哉彼河水，　實獲仲尼心．

연경 가는 길에서 아우에게 부치다
燕京途中寄舍弟 1568

가는 길이 삼천사백 리
오는 길도 삼천사백 리.
가고 또 가는 길이 육천팔백 리
한 달 한 달 그렇게 여섯 달을 보낸다네.[1]
아우의 시골집은 서울서도 또 천리인데다
헤어진 날은 이보다도 더 먼저였지.
고국에서 사람이 와도 아우의 편지는 보이지 않아
머리를 긁으며 요해의 구름만 바라보았다네.
외로운 성에서 목탁 소리에 잠 못 이루는데
오랑캐의 사냥불이 온 들판에 타오른다네.
한양 눈보라 속에 그대는 올라왔는지
마주 앉아 이야기하던 일이 참으로 꿈만 같아라.
다시 만날 때에는 새로 얻은 게 많을 테니
시나 학문을 논하며 남을 일깨워 주게나.

■
* 1568년 천추사(千秋使) 서장관(書狀官)으로 임명되어 중국에 다녀왔
다.
1. 원문의 원백(月魄)은 달의 넋이니, 달의 넋이 여섯 번 죽으면 여섯
달이 지나게 된다.

去路三千四百里. 　　歸路三千四百里.

行行六千八百里, 　　月魄看看六回死.

我弟村莊更千里, 　　況是別日前乎此.

故國人來不見書, 　　搔首看雲遼海涘.

孤城木鐸不成眠, 　　單于獵火連郊紫.

漢陽風雪子來否, 　　對牀話此眞夢耳.

只願相逢有新得, 　　論詩論學令人起.

늙은 스님의 시축에 쓰다
題老僧詩軸 1569

개미의 움직임도 소의 싸움도
고요한 속에서는 한 가지 소리라네.
그 누가 알랴 침묵이 깊은 곳에서
땅을 울리는 파도 소리가 요란한 줄을.

蟻動與牛鬪,　寥寥同一聲.
誰知淵默處,　殷地海濤轟.

■
* (원주) 스님이 늙어서 귀가 어두웠다.

유명 스님이 매우 귀찮게 시를 지어 달라고 하
므로 붓 가는 대로 써서 주다
有僧惟命求詩甚苦走書以贈 1569

참선하는 모습이 학처럼 청수한데다
다니는 발길은 구름처럼 자취 없어라.
어쩌면 저토록 담박한 스님이
시 지어 달라는 버릇을 가졌을까.

禪形鶴共臞,　行脚雲無迹.
胡爲淡泊僧,　却有求詩癖.

금강연
金剛淵 1569

이름난 산을 저버린 지 이십 년이나 되었건만
다시 와 보아도 물색을 옛 그대로일세.
차가운 바위에 기대자 온갖 시름이 모여드는데
두어 가닥 폭포수는 날 저문 못으로 떨어지네.

辜負名山二十年. 重來物色摠依然.
寒巖倚遍幽愁集, 數道飛泉落晚淵.

* 율곡이 16세 되던 1551년 5월에 어머니인 사임당 신씨가 세상을
떠나자, 삼년상을 마친 뒤 1554년 3월에 금강산으로 들어갔다. 슬픔을
잊기 위하여 우연히 불경을 읽다가, 인간 세상의 일을 끊어버리고 입산
할 생각을 가졌던 것이다. 그러나 성현의 학설이 옳다고 깨우친 뒤에,
이듬해 다시 강릉으로 돌아왔다. 이번에는 외할머니의 병이 깊어 강릉
으로 돌아왔다가 이 시를 지었다.

다시 월정사에서 노닐다

重遊月精寺 1569

깊은 숲속에 나그네 길이 쓸쓸하기만 한데
석양의 풍경 소리가 절간에서 들려오네.
스님이여 묻지 마오. 내 다시 찾아온 뜻을
바위에 흐르는 물을 말없이 대하니 세상일
헛되기만 하여라.

客路蕭蕭萬木中. 夕陽疏磬出琳宮.
居僧莫問重來意, 默對巖流世事空.

내산에 들어가려다 비를 만나고
將入內山遇雨 1568

벼슬 내놓고 돌아오니 모든 일이 홀가분해
오대산 기이한 모습이 가장 마음 끌리네.
산신령 뿌린 비가 나그네 싫어선 아니겠지.
숲속 샘물 보태어 더욱 맑게 하려 했겠지.

解綬歸來萬事輕.　五臺奇勝最關情.
山靈灑雨非嫌客,　添却林泉分外淸.

■
　＊ 외할머니 이씨(신사임당의 친정어머니)가 병으로 누웠다는 소식을
듣고는, 1568년에 벼슬을 버리고 강릉으로 떠났다가 오대산에서 다시
노닐었다. 이씨에게는 (율곡을) 양육해 준 은혜가 있었는데, 강릉에 살
면서 늙도록 아들이 없었다. 외할머니의 병환이 위독하다는 소식을 듣
고, (율곡이) 사직소를 올리고 돌아가 간병하였다. 사간원에서 "외조의
병을 돌보려 귀향한다는 조항은 법전에 없는데도 제 마음대로 직무를
버렸으니, 이이를 파직시키소서"라고 탄핵하자, 임금이 이르기를 "아무
리 외조라 하더라도 정리가 간절하면 어찌 가보지 않을 수 있겠느냐?
효행 때문에 파직시킨다는 것은 너무 과한 듯하니, (파직을) 윤허하지
않는다"라고 하였다. ─ 『율곡집』 권 33 「연보」 무진년 11월.

산인에게
贈山人 1569

오대산 아래 월정사가 있어
문 밖엔 맑은 시냇물 쉬지 않고 흐르네.
우스워라, 저 스님은 실상에 미혹되어
무(無)자만 가지고 부질없이 추구하네.

五臺山下月精寺.   門外淸溪不息流.
可笑衲僧迷實相,   只將無字謾推求.

산인의 시축에 차운하다
次山人試軸韻 1569

이 도는 원래 근본이 하나인데
사람의 마음이 오갈 뿐이라네.
어쩌다 다른 길로 들어가
십 년 동안 머리를 돌리지 못하나,
서리 내리면 온 산이 야위고
바람 따뜻하면 온갖 꽃이 피는 법.
신비한 이치는 말없이 깨닫게 되니
미묘한 운행을 그 누가 재촉할 텐가.

此道元一本, 人心有去來.
如何入他逕, 十年頭不回.
霜落千山瘦, 風和百卉開.
玄機宜默識, 妙運孰相催.

다시 풍악산에서 노닐고 내산으로 들어가려다 비를 만나다

重遊楓嶽將入內山遇雨 1569

구름 끼고 비 내려 숲속이 어둡건만
산마루는 도리어 깨끗하기만 해라.
차 마시고 났더니 할 일이 없어
시 이야기에다 부처 이야기를 섞어서 하네.
내일 아침에는 좋은 경치를 찾아가고 싶은데
흐린 안개도 밤 동안 아마 개일 테지.

雲雨暗幽林,　山堂轉淸絶.
茶罷一事無,　詩談雜禪說.
明朝欲尋勝,　陰靄夜應歇.

산인 설의에게
贈山人雪衣 1569

돌과 물이 서로 부딪치니
골짝마다 맑은 천둥이 우네.
설의 상인에게 묻노니
이게 물소리인가, 아니면 돌소리인가.
그대 만약 한마디로 대답한다면
물아(物我)의 정을 다 알은 게지.

石與水相激, 萬壑淸雷鳴.
借問衣上人, 水聲還石聲.
爾若下一語, 便了物我情.

상산동을 지나가다가 갑자기 옛일이 생각나서 느낀 대로 짓다
過上山洞忽憶舊事因感有作 1569

나그네 생각이 갑자기 슬퍼지니
산그늘도 저녁볕을 재촉하네.
예전에 우리 형제가 여기서 놀 적엔
벗들도 또한 떼 지어 따라왔었지.
바위 틈 시냇가에선 봄물이 울었고
바위 봉우리엔 여름 구름이 솟았었지.
이제는 모두가 옛 자취 되어버려
다래 덩굴 오솔길에서 나 혼자 황혼을 맞네.

客意忽惆悵,　山陰催夕曛.
弟兄曾駐馬,　朋友亦隨羣.
石澗鳴春水,　巖峯聳夏雲.
至今成舊迹,　蘿逕獨黃昏.

어떤 스님이 시를 지어 달라고 하기에 퇴계의 시에 차운하다
有僧求詩次退溪韻 1569

오대산 위에 선사의 감실이 있는데
바위 아래 홈통의 물맛이 아주 달아라.
이 마음이 바로 부처인 줄을 일찍이 알았더라면
옥봉에서[1] 끝없이 참선하지 않았으련만.

五臺山上有禪龕.　石底竽筒水味甘.
早識此心元是佛,　玉峯無竭不須參.

---

1. 서녁에 있는 설산(雪山)의 별칭인데, 부처가 도를 닦은 곳이다.

심장원에게 주다

贈沈景混長源二首 1569

1.
산 앞에서 술잔을 받아 산빛을 마시노라니
새 지저귀고 꽃도 고와 봄날이 길어라.
끝없는 이별의 시름을 오늘 다 흩어버리니
귀에 들려오는 솔바람소리가 피리보다도 좋아라.

山前得酒飮山光.　鳥碎花姸春晝長,
無限別愁今日散,　松風吹耳勝簫簧.

2.
삼월이라 동산 숲에 날씨가 화창하니
작은 뜰에 꽃과 풀들도 봄빛을 많이 얻었네.
그대가 마침 좋은 철을 만나 왔으니
한바탕 웃으며 시를 논하는 것도 흥겨우리라.

三月園林日氣和.　小庭芳草得春多.
君來正與良辰遇,　一笑論詩興若何.

■
* 심장원(1531~1607)의 자는 경혼인데, 김운현의 아들인 예조참판 김
광철의 외손자이다. 어려서 고아가 되어 독학하였지만, 학문을 깊이 이
루었다. 문장으로 이름나 1568년 진사시에 합격하였지만 끝내 문과에
급제하지 못하여, 강릉으로 내려가 여생을 보냈다. 고서화를 많이 수집
하였다.

율곡전서 권2

정철이 약속을 해 놓고도 집에 있지 않아서
與諸友到季涵家季涵他適入夜而還小酌 1569

약속을 해 놓고는 이 사람이 어디를 갔나
손님이 왔건만 깃 들인 새마저 보이지 않네.
달빛은 차가운 나무를 따라 스러지고
종소리는 높은 산을 넘으며 가냘퍼지네.
눈길이 모아져 맑은 생각이 시를 이루었는데
그대 돌아오는 등불이 밤안개에 비치네.
큰 술잔으로 이별의 정을 나누었건만
쓸쓸하기만 해서 본래 마음과 어긋나네.

有約人何去,　客來棲鳥稀.
月緣寒樹沒,　鍾度華山微.
擊目凝淸思,　回燈照夜霏.
深杯敍離別,　寂寞素心違.

* 원제목이 길다. <여러 벗들과 함께 계함(정철의 자)의 집에 갔는데,
계함이 마침 출타하였다. 밤에야 돌아와서 작은 술자리를 베풀었다.>

구월 보름밤에 달을 보고
九月十五夜見月感懷三首 1569

2.
세상일을 이제는 말하지 않으리라.
내 일생이 가여울 뿐이네.
조상의 무덤엔 초목이 우거지고
형제 사이에는 산과 강이 막혔어라.
사물을 보면 형수(荊樹)[1]가 생각나고
시를 논하다간 <육아>[2] 편을 그만 덮네.
병든 아내 편지도 오지 않으니
먹고 자는 게 요즘은 어떠한가.

世事今休道,　吾生只可嗟.
墳塋荒草木,　昆季隔山河.
覽物思荊樹,　論詩廢蓼莪.
病妻書不至,　眠食近如何.

■
1. 한나라 때에 전진(田眞)의 세 형제가 분가하면서, 뜰 앞에 자형화(紫荊花)를 나누어 심기로 하였다. 그러나 이 이튿날 그 나무가 갑자기 시들자 이에 감동하여, 다시 살림을 합하였다고 한다.
2. 『시경』의 편명인데, 효자가 어버이에게 효도를 다하지 못하는 것을 안타깝게 여기는 것이다.

퇴계 선생의 죽음을 슬퍼하며
哭退溪先生 1571

아름다운 옥 정한 금처럼 타고난 정기 순수하신 데다
참된 근원은 관민(關閩)¹에서 길러나오셨네.
백성들은 위아래로 혜택 입기 바랐건만
산림에 행적 붙여 홀로 몸을 닦으셨네.
호랑이 떠나고 용도 없어져 사람의 일은 변했건만
물길 돌리고 길 여신 저서가 새로워라.
남쪽 하늘 아득히 저승과 이승이 갈리니
서해 바닷가에서 눈물 마르고 애가 끊어지옵니다.

良玉精金稟氣純.　眞源分派自關閩.
民希上下同流澤,　迹作山林獨善身.
虎逝龍亡人事變,　瀾回路闢簡編新.
南天渺渺幽明隔,　淚盡腸摧西海濱.

■
1. 관은 관중(關中)이고, 민은 민중(閩中)인데, 송나라 장재(張載)와 주
자가 각기 여기에 살았었다. 그래서 주자학을 뜻하는 말로도 자주 쓰인
다.

의령감 윤조의 죽음을 슬퍼하며
義寧監胤祖挽 1571

시름겨워 밤새도록 잠 못 이루고
남몰래 벗님의 병을 걱정했건만,
벗님은 벌써 신선이 되어 가면서
혼만이 모르게 작별하러 왔었네.
빈 서재에서 얼핏 눈을 붙였다가
어슴푸레 그대 얼굴을 보았는데,
주고받는 말이 미처 끝나기도 전에
두려워 갑자기 꿈을 깨었네.
엎치락뒤치락 날 새기를 기다렸더니
얼마 뒤에 나쁜 소식이 전해졌다네.
아, 나는 이제 벼슬에서 물러나
방금 고향으로 돌아왔건만,
그대는 울창한 저 파산 양지쪽에다
집을 짓겠다고 기약만 해놓고,
한바탕 통곡에 만사가 끝장이라
이웃하자던 그 약속도 쓸쓸하게 되었네.
금석 같은 벗님네로 성징군이[1] 있으니
고아는 그에게 맡길 수가 있으리라.
슬픔을 머금고 만사를[2] 지으니
눈앞에는 끝없는 푸른 들판뿐일세.

悄悄夜無眠，　潛憂故人疾.
故人已觀化，　神魂暗來別.
空齋睫乍交，　髣髴瞻顔色.
問答語未了，　惕然忽驚魄.
輾轉候天明，　俄傳消息惡.
嗟我解簪組，　初歸桑梓域.
鬱鬱坡山陽，　斯人期卜築.
一慟事已矣，　寂寞連門約.
石交成徵君，　孤兒此可託.
含悲寫薤露，　目斷平蕪綠.

퇴직을 간청하여 허락받고 임금 은혜에 감동하여
乞退蒙允感著首尾吟四絶名之曰感君恩 1573

1.
임금 은혜로 물러남을 허락하서 고향에 돌아오니
늙은 나무 쓸쓸한 물굽이 율곡 마을일세.
도시락밥에 표주박 물로도 살아가기에 넉넉하니
밭 갈고 우물 파는 것도 모두 임금 은혜일세.[1]

君恩許退返鄕園.　古木荒灣栗谷邨.
一味簞瓢生意足,　耕田鑿井是君恩.

■
* 율곡이 1573년에 홍문관 직제학으로 임명되었다가 병으로 시작하였지만, 허락되지 않았다. 상소를 세 번 올려서야 윤허를 받고, 임금의 은혜에 감격하여 이 시를 지었다. 이 시는 수미음(首尾吟)으로, 처음의 군(君)자와 끝의 은(恩)자가 4수 모두 같다.
1. 요순시대에 임금이 정치를 잘하여, 백성들은 임금이 있는지도 몰랐다. 그래서 "밭 갈아 먹고 우물 파서 마시는데, 임금이 힘이 우리에게 무슨 소용 있느냐?"라고 노래를 불렀다고 한다. -「격양가(擊壤歌)」

2.
임금 은혜로 물러남을 허락하셔 얽매임에서 벗어나니
들길이 쓸쓸해서 홀로 문 닫고 들어앉았네.
네 벽엔 책만 있고 바깥 일이 없으니
초당에 개인 햇볕도 모두 임금 은혜일세.

君恩許退謝籠樊. 野逕蕭蕭獨掩門.
四壁圖書無外事, 草堂晴日是君恩.

3.
임금 은혜로 물러남을 허락하셔 강마을에서 늙게 되니
고요히 앉아 낚싯줄 드리우자 바윗돌도 따뜻해라.
석양에 배를 띄워 붉은 여뀌 꽃 언덕에 대니
물가의 바람과 달도 모두 임금 은혜일세.

君恩許退老江邨. 清坐垂綸釣石溫.
晚橈蘭舟紅蓼岸, 渚風汀月是君恩.

4.

임금 은혜가 바다 같건만 보답할 길이 없고
뱃속에 가득한 시와 책들을 다시 논할 길이 없네.
따뜻한 햇볕과 향기로운 미나리를 바치기가 어려우니[2]
한평생 임금 은혜를 감격하며 시를 읊을 뿐이네.

君恩如海報無門.　滿腹詩書莫更論.
暖日香芹難獻御,　一生惟詠感君恩.

■

2. 『열자』에 보면, 송나라의 어떤 농부가 햇볕을 등에 쬐면서 "이 따뜻
한 햇볕을 우리 임금께 바치고 싶다"고 하였으며, 미나리 맛이 좋아서
임금에게 바쳤다고 한다. 임금을 정성스럽게 생각하는 마음을 뜻한다.

세 번이나 상소한 뒤에 물러나길 허락받고서

陳疏求退三上乃允乘船西下有感而作 1573

벼슬에 나가고 돌아오는 것도 다 천명이지 어찌 사람에게
달렸으랴.
본래의 뜻이 내 몸만 깨끗이 하자는 것은 아니었네.
대궐문에 세 번 상소하여 성스런 님을 하직하고는
강호의 조각배에다 외로운 신하를 실었네.
재주가 못났으니 밭 갈기에나 알맞은데
맑은 꿈은 부질없이 북극성을¹ 향했었네.
초기에 돌작밭 옛 살림으로 돌아왔으니
반평생 심사에 가난 따위는 걱정도 않네.

行藏由命豈由人.　素志曾非在潔身.
閶闔三章辭聖主,　江湖一葦載孤臣.
疏才只合耕南畝,　清夢徒然繞北辰.
茅屋石田還舊業,　半生心事不憂貧.

---

* 원제목이 길다. 〈벼슬에서 물러나길 비느라고 세 번이나 상소하여
허락받고는, 배를 타고 서쪽으로 내려오면서 느낌이 있어 시를 짓다.〉
1. 임금이 있는 곳을 뜻한다. 『논어』「위정(爲政)」편에 "정사를 덕으로
하는 것은, 북극성이 제자리에 있으면 여러 별들이 그곳을 향하는 것과
마찬가지이다"라고 하였다.

황해도 관찰사로 나가면서 안뇌경이 보내온 시에 화답하다
將按海西和安賚卿見贈 1573

벼슬에 얽매여 옛집을 떠나게 되니
구름에 나는 새와 물에 노는 고기에게 부끄러워라.
맑은 못 아홉 굽이에 밝은 달이 잠겼으니
띠를 베어다 나의 집을 지어 보려네.

拘束衣冠別舊廬.　雲慚高鳥水慚魚.
淸潭九曲含明月,　準擬誅茅卜我居.

■
＊ (원주) 내가 장차 석담(石潭)에다 집을 지으려 하였기 때문에 이렇게
말하였다.

달밤에 옛 친구가 쟁을 켜는 소리를 듣고서

延安府月夜聞金雲鸞彈箏金是舊日同里人彈箏妙絕一時
1574

빈 누각에서 쟁 소리가 나자
깜짝 놀라서 말소리도 끊어졌네.
줄마다 손에 따라 소리 나는데
시냇물이 깊은 곳에서 흐느끼는 듯해라.
가을 매미가 이슬 잎을 안고 우는 듯
바위틈에서 흘러나오는 옹달샘 소리인 듯,
하늘 향해 귀를 기울이자
여름이 오래도록 그치지 않네.
내가 젊고 그대로 장부였던 시절
정겨운 마을에서 서로 친하게 지냈었건만,
슬픔과 기쁨이 엇갈린 삼십 년 동안
동서로 헤어져 만나지 못했었네.
오늘 밤에야 우연히 만나게 되니
옛 생각에 가슴이 뭉클하여라.
술잔을 멈추고 물끄러미 바라보니
푸른 하늘엔 개인 달만 높이 걸렸네.

■
* 원제목이 길다. <연안부에서 달밤에 김운란이 쟁을 켜는 소리를 들
었다. 김은 옛날에 같은 마을 사람이었는데, 쟁을 켜는 소리가 당대에
필묘하였다.)

虛閣發箏聲，　竦然人語絶.
絃絃應手語，　激川邃幽咽.
寒蟬抱露葉，　細泉鳴巖穴.
側耳在雲霄，　餘音久未歇.
我少君壯夫，　仁里曾相悅.
悲歡三十年，　渺渺參商闊.
邂逅在今宵，　感舊腸內結.
停杯悄相對，　碧空懸霽月.

김장생이 석담에 찾아와 글을 배우다가 평양으로 돌아간다기에 시를 지어서 주다
金希元長生來石潭受業辭歸平壤詩以贈之 1575

천리 길 적막한 물가까지 찾아와
골짜기 구름 시냇가 달과 함께 수양하였네.
돌아갈 때까지 자루가 비었으니 내 너무나 부끄러워라.
이 뒤에는 부디 눈 비비고[1] 다시 만나세.

千里相從寂寞濱.　洞雲溪月伴怡神.
歸時垂橐吾堪愧,　別後須敎刮目頻.

* (원주) 이때 김 군의 아버지 중회(重晦, 김계휘의 자)가 평안감사로 있었다.
1. 『오지(吳志)』에 "선비가 사흘을 헤어져 있으면, 눈을 비비고 다시 만나야 한다"고 하였다. 상대방의 학식이 부쩍 는 것을 보고 놀란다는 뜻이다.

인감 스님이 시를 지어 달라고 하기에

沈判尹希安守慶朴參判君沃啓賢歷見余于花石亭適山
人仁鑑求詩乃步軸中韻 1576

고승이 자리에 있으니 속세의 인연이 가벼운데
강가에 비가 막 개어 여름 경치가 산뜻해라.
우연히 만나 기쁨을 나누고 나자 별다른 일이 없어
노을 비낀 푸른 봉우리에 구름 이는 것 지켜보네.

高僧在座世緣輕.　江雨初收夏意淸.
邂逅一歡無箇事,　斜陽碧岫看雲生.

＊원제목이 길다. <판윤 심수경과 참판 박계현이 지나는 길에 화석정으
로 나를 찾아왔다. 마침 인감 스님이 시를 지어 달라고 하기에 시축 속
의 시에다 차운하였다.>

사암 상공께 올리다
呈朴思菴相公淳 1576

십 년 동안 오가며 임금의 은혜를 그르쳤는데
올봄도 반이라 지났으니 고향 꿈을 어이 견디랴.
임금님은 성스러워 언로를 열어 주셨건만
신하가 미혹되어 은총을 알지 못했네.
세 번 상소하여 대궐을 하직하고는
필마 울음과 함께 푸른 언덕을 넘어 왔다오.
황각의[1] 옛 친구는 정의가 두려워
벽운 시구를 읊고 나자 저절로 혼이 녹는 듯해라.

十年來往誤天恩.　春半那堪夢故園.
主聖正開言者路,　臣迷不識寵之門.
三章解綬辭丹闕,　匹馬嘶風度綠原.
黃閣故人情意重,　碧雲吟罷暗銷魂.

■
1. 재상이 사무를 보는 관청인데, 의정부를 가리킨다. 박순(1523~
1589)은 우의정과 좌의정을 거친 뒤에 1572년부터 15년간 영의정을
여러 번 지냈다. 만년까지 이이·성혼과 교제하였는데, "이 세 사람이
용모는 달라도 마음은 하나이다"라고 할 정도로 깊이 사귀었다.

유월 가뭄을 걱정하면서
六月憂旱

밭도랑에 먼지 일고 돌우물도 말랐네.
하얀 기운 안개처럼 뭇 산을 뒤덮었네.
머리 들어 하늘의 뜻 묻고 싶었건만
은하수만 반짝이고 밤은 벌써 깊었네.

畎澮生塵石井乾.　白氛如霧蔽羣山.
擡頭欲問蒼天意,　雲漢昭回夜已闌.

비 온 뒤에 송대립이 보낸 시에 차운하다
雨後次宋士强大立見寄韻 1578

비 그친 빈 산에 낮 햇살이 어지러운데
어린 아이가 풀을 매고 사립문으로 들어오네.
맑은 향 하나 피우고 다른 벗도 없이
한가한 구름이 산봉우리에서 날아오르는 것을 본다네.

雨斂空山亂午暉.　小童鋤草啓柴扉.
淸香一炷無餘伴,　坐看閒雲出岫飛.

* 송대립의 호는 외암(畏菴)인데, 박순의 문인이다. 율곡이 천거하여
지평이 되었지만 정릉(貞陵, 태조의 제2비 신덕왕후 강씨)의 복위를 주
장하다가 배천군수로 좌천되었다. 1583년 병으로 사직하고 돌아오는
길에 죽었다.

허봉이 찾아왔기에 시를 지어주다

許校理美叔篈以厲壇賜祭官到海州先寄以詩後數日訪余于
石潭小酌次韻以贈二首 1578

1.
숨어 사는 집이 조촐하여 손님도 드물었고
골짝 어구엔 구름이 깊어 오솔길도 희미했지.
산사슴이 문에 드니 해칠 마음 없는 걸 알았겠지
들사람들 자리 다툼을 보고 망기를¹ 깨달았네.
시냇가 바위 위에서 외로움 꿈을 놀라 깨니
천상의 신선이 날 저문 사립문을 두드리네.
푸른 이끼 위에 함께 앉아 한바탕 취하고 나자
하늘가에서 초승달이 숲 안개 속으로 내려오네.

幽棲簡略客來稀.　谷口雲深草逕微.
山鹿入門知遠害，　野人爭席驗忘機.
溪邊石榻驚孤夢，　天上瓊仙扣晚扉.
共藉綠苔成一醉，　半天新月下林霏.

■
＊원제목이 길다. <교리 허봉(자 미숙)이 여단의 사제관으로 해주에 이
르러 먼저 시를 보내왔다. 며칠 뒤에는 석담으로 나를 찾아왔기에 작은
술자리를 베풀고, 그의 운을 따라 두 수를 지어 주다.>
여단은 돌림병을 예방하기 위하여 나라에서 제사를 지내던 제단이다.
주인이 없는 외로운 귀신들에게 여제를 지내 위로하였는데, 청명·칠월
보름·시월 초하루에 정기적으로 제사를 지내고, 돌림병이 심할 때에는
따로 제관을 보내어 제사지냈다. 이때 허봉(1551~1588)이 임금이 명을
받들고 제관이 되어 내려왔다.

2.

지난 해 들판에 벼꽃이 드물더니
초가집 쓸쓸하게도 살림들이 가난해졌네.
시달린 백성들이 전염병을[2] 어찌 견디랴
하늘의 신묘한 기미를 그 누가 주관하시나.
임금께선 신의 뜻 돌리려 제사에 힘쓰시고
근신들이 윤음 받들어 대궐을 나섰는데,
지성이면 감천이란 옛말도 들었으니
이제부턴 해주에 요기가 걷힐 테지.[3]

去年田野稻花稀.　白屋蕭蕭活計微.
民困更堪逢癘氣,　天高誰主運玄機.
君王憼祀回神意,　近侍承綸出鳳扉.
聞道至誠能奏格,　海鄕從此霽氛霏,

■
* 허난설헌의 오빠이자 허균의 형이었던 허봉은 동인의 선봉이었는데,
율곡이 1582년에 병조판서가 되자 대사간 송응개·승지 박근원과 함께
그를 탄핵하다가 오히려 1583년에 창원부사로 좌천되었다. 이들은 다
시 회령·강계·갑산으로 유배되었는데, 이를 계미삼찬이라고 한다. 재
기발랄하던 허봉은 결국 한양으로 돌아오지 못하고 떠돌다가 병으로 죽
었다.
1. 세상의 일이나 욕심을 잊고 사는 마음가짐이다.
2. 여기(癘氣)는 전염병을 옮기는 나쁜 기운이다.
3. (원주) 이때 해서지방에 전염병이 매우 성하였다.

배 안에서 남산을 바라보며
舟中回望南山悵然有作

바지런히 돌아다닌다 비방해도
달게 여길 밖에,
내 본심이 산 속에서
늙고 싶진 않았으니.
배 떠나면 남산이 멀어질 걸
차마 볼 수 없기에,
사공더러 일렀네.
돛을 올리지 말라고.

屑屑之譏我所甘.　素心非欲老雲巖.
舟行不忍南山遠,　爲報篙師莫擧帆.

*이 해(1578)에 율곡이 대사간이 임명되었지만, 사은(謝恩)하고 4월에
율곡으로 돌아왔다. 조정의 문제를 정철에게 부탁하고 돌아오면서, 배에
올라 이 시를 지었다.

눈 속에 소를 타고 성혼을 찾아갔다가
雪中騎牛訪浩原叙別

한 해가 저물어가며 눈이 산에 가득한데
들길이 가느다랗게 숲 사이로 갈렸구나.
소를 타고 어깨 들썩이며 어디로 가나?
우계 물굽이에 미인을 그리워했다네.
느지막이 사립문 두드리며 맑은 모습 인사하곤
작은 방에 베옷 걸치고 방석에 앉았네.
벽 위에 푸르스름 등불만 깜박이네.
반평생에 서럽도록 이별만 많아
산 너머 험한 길을 다시금 생각하네.
이야기 끝에 뒤치다보니 새벽닭 울어
눈 들자 창문 가득 서릿달만 차가워라.

歲云暮矣雪滿山.　　野逕細分喬林閒.
騎牛聳肩向何之,　　我懷美人牛溪灣.
柴扉晚扣揖淸臒,　　小室擁褐依蒲團.
寥寥永夜坐無寐,　　半壁靑熒燈影殘.
因悲半生別離足,　　更念千山行路難.
談餘輾轉曉鷄鳴,　　擧目滿窓霜月寒.

■
　*7월에 토정 이지함의 상에 조문 갔다가, 겨울에야 석담으로 돌아왔
다. 떠나기 전에 우계(牛溪)를 찾아가 성혼을 방문하고는, 돌아오는 길
에 이 시른 지었다.

조각배에다 거문고를 실었지만

金汝器偉以敬差官訪余于南江其明日復來江上船邀余同載
余與季獻載琴小船風潮逆至舟不得渡望見有作 1580

조각배에 거문고를 싣고
천상의 선랑과 기약했건만,
바람과 물결이 노 젓기를 막아
아득한 물안개만 서글프게 바라보았네.

一葉載玉軫,　相期天上郎.
風潮阻柔櫓,　悵望烟蒼茫.

■

* 원제목이 길다. <김위(자 여기)가 경차관이 되어 남강으로 나를 찾
아왔다가, 이튿날 다시 강 위의 배로 나를 찾아와 같이 타자고 하였다.
나는 계헌과 함께 조각배에다 거문고를 싣고 가려 하였지만, 바람결에
물결이 거슬러와 배가 건널 수 없게 되었다. 그래서 바라보기만 하면서
(이 시를) 지었다.>
계헌은 율곡의 아우인 옥산(玉山) 이우(이우, 1542~1609)의 자인데, 어
머니 사임당의 재주를 이어받아 시(詩)·서(書)·화(畵)·금(琴)에 모두
뛰어났다.

노랫소리를 들으면서

聽歌聲 1580

부용당 위에서 노래 한 가락이 들리자
저 멀리 푸른 하늘에 뜬 구름도 시름에 차네.
주인은 술 권하고 나그네는 갈 줄을 모르는데
날 저문 연못에는 바람 불어 무늬가 이네.

芙蓉堂上歌一曲,　迴入碧霄愁行雲.
主人勸酒客忘去,　日暮池風生縠紋.

한데 앉아 달빛에 술을 마시다
露坐酌月 1580

빈 정자에서 달빛에 술을 마시다가
돌을 베고 나비꿈에도[1] 빠져보았네.
바람과 이슬 맞다보니 밤이 얼마나 깊었는지
깨고 나자 옷들이 온통 다 젖었네.

空亭酌月光，　枕石迷胡蝶.
風露夜如何，　醒來衣盡濕.

■
1. 장자가 꿈에 나비가 되었다. 그런데 꿈을 깨고 나자, 그는 원래 사람
이 자신이 방금 꿈속에서 잠깐 나비가 되었다가 이제 다시 사람으로 돌
아온 것인지, 아니면 원래 나비였던 자신이 지금 꿈속에서 사람이 된
것인지 알 수가 없었다. 주객이나 피아의 구별이 없는 마음상태를 뜻한
다.

소리꾼 벽도가 흥을 돋우어
大仲使謳者碧桃助餞席之歡因其歸寄詩 1580

차가운 강의 연기와 물결이 아름다운 기약을 막아버리고
살랑살랑 가을바람만 저녁 내내 불어오네.
그대가 벽도를 보내 몇 곡조를 부르게 해주었는데
벽도의 새로운 창이 모두 나의 가사일세.

寒江煙浪阻佳期.　嫋嫋秋風一夕吹.
試遣碧桃歌數曲,　碧桃新唱摠吾詞.

1. 원제목이 길다. 〈대중이 소리꾼 벽도를 시켜 배웅하는 자리의 흥을
돋우어 주었는데, 그가 돌아가게 되어 시를 지어 주었다〉

호연정 술자리에서 운수 스님에게 지어 주다
浩然亭酒席贈山人雲水 1580

소매에 가득 바람을 담고 호연정에 기대서니
자리 둘레의 가을 물이 모두 개인 하늘일세.
그 누가 알랴. 아련한 거문고 노래 속에
운림의 백족[1] 선사가 끼어 있는 줄이야.

袖滿長風倚浩然.　席邊秋水盡晴天.
誰知漂渺琴歌裏,　亦著雲林白足禪.

---

1. 스님을 백족, 또는 백족화상이라고도 한다. 사문(沙門)인 담시(曇始)
가 맨발로 흙탕물을 건너 다녀도 발이 더러워지지 않고 얼굴보다 더 희
었다고 한데서 나온 말이다.

세상맛이 물보다 싱거우니
偶吟

세상 사는 맛이 물보다 싱거우니
나의 인생도 이젠 시들었구나.
안쓰러워 마음 놓을 수 없는 것은
다만 슬하의 아이들뿐이네.

世味淡於水,　吾生嗟已衰.
憐憐不能釋,　只有膝前兒.

스님에게 주다
贈僧

그 옛날 생각해보니 중대[1] 아래에서
상원사의 종소리를 함께 들었었지.
서로 헤어진 지가 이제 열세 해니
운수가[2] 몇 천 겹이나 되었을까.
바릿대 씻으러 가을 시냇가에 내려갔다가
다래덩굴 부여잡고 저녁 봉우리 넘기도 했겠지.
서로 만나 물으니(두 글자 빠졌음)
저마다 옛 모습 그리며 이상하게 생각하네.

憶昔中臺下,　　同聞上院鐘.
乖離十三載,　　雲水幾千重.
洗鉢臨秋澗,　　攀蘿度夕峯.
相逢問二字缺,　　各怪舊時容.

■
1. 강원도 오대산에는 다섯 개의 대가 있는데, 그 가운데 위치한 대이
다. 또는 그곳에 있는 사자암을 가리키기도 한다.
2. 불가에서 구름이나 물처럼 떠돌아다니는 행각승을 말하는데, 여기서
는 글자 그대로 구름과 물을 뜻한다.

은병정사의 학도들에게 부치다
寄精舍學徒 1581

마음은 쟁반의 물 같아 가장 잡기 어려우니
도랑이나 구덩이에 빠져들기 삽시간일세.
그대들에게 알리노니 몸가짐을 굳게 하여
세상의 어지러운 속에서도 우뚝 서서 변치 말게나.

心如盤水最難持.　墮塹投坑在霎時.
爲報僉賢操守固,　世紛叢裏卓無移.

■
* 율곡이 1576년 10월에 해주 석담으로 돌아와 청계당을 짓고, 1578
년에 은병정사를 지었다. 석담 주위에 40리 시냇물이 있는데 아홉 번
꺾어진 곳마다 못이 있어, 주자가 살았던 무이구곡(武夷九曲)과 비슷하
다고 하여 이곳도 또한 '구곡'이라 불렀다. 석담이 제5곡에 있었는데 주
자의 무이정사가 있던 제5곡의 봉우리 이름이 대은병(大隱屛)이었으므
로, 율곡도 이곳에 지은 정사를 은병정사라고 이름하였다. 이때부터 원
근의 학자들이 많이 찾아왔다.

큰형수의 죽음을 슬퍼하며
挽伯嫂 1582

나의 운명이 어찌 이리도 불행한지
일찍 어버이 여윈 슬픔을 당한데다,
청빈한 집안이라 물려받은 살림도 적고
형제들마저 또한 흩어졌었네.
함께 살 계획이 이뤄지지 않은데다
큰형님마저 날 버리셨네.
중년 들어 벼슬에 흥미가 없어졌으니
세상길이 너무나 험했기 때문일세.
개암나무 베어내고 한 자리 잡은 곳이
아득한 서해의 물가였는데,
우리 형수님이 내게 와 살면서
남쪽에서 아이들까지 데려오셨네.
삼간 집을 지어 선대 신주를 모시고
도시락밥 하나로 굶주림을 함께 건졌네.
산골이 고요하고도 그윽하여서
한평생 이렇게 살아가려 했건만,
임금의 부르심이 그치지 않아
띠를 두르고 관직에 다시 나아갔었네.
은총에 연연하여 돌아오지 못하고
온 가족들을 서울로 옮겼는데도,
남이건 북이건 괴로움을 마다 않으시니

은혜와 의리가 모자라지 않으셨네.
하루아침에 깊은 병으로 괴롬 당하시니
훌륭한 의원 없는 게 원통하여라.
승화하여 갑자기 가버리시며
골육마저 잊은 듯 내버리시니,
슬프고 가엾어라 어린 남매들
하늘에 부르짖어도 하늘은 모른다네.
길 떠나는 상여가 중당을 나서는데
널을 어루만져도 귀신은 모르시는지,
쌀쌀한 철이라서 서리와 이슬 내리고
참담하게도 새벽바람이 불어대네.
송별이라면 뒷날의 기약도 있으련만
이제 가시면 언제나 오시려오.

我生胡不辰,　早纏風樹悲.
淸門舊業薄,　雁行亦分離.
同居計未圓,　伯氏奄我違.
中年宦興闌,　世路多險巇.
誅榛卜一丘,　渺渺西海涯.
我嫂就余居,　自南携孤兒.
三架奉先主,　一簞同忍飢.

洞壑靜而幽，　擬作窮年期.
天書召不止，　束帶還羽儀.
戀恩不能歸，　盡眷移京師.
南北不辭勞，　恩義兩無虧.
一朝困沈痾，　痛矣無良醫.
乘化奄歸盡，　骨肉棄如遺.
哀哀桂與蘭，　籲天天無知.
祖載發中堂，　撫柩神如癡.
蕭辰霜露零，　慘悵晨飆吹.
送別有後期，　此去歸何時.

서울을 떠나 해주로 내려가며
去國舟下海州 1583

사방 멀리까지 구름 모두 검은데
하늘 가운데 태양이 한창 밝아라.
외로운 신하의 한 움큼 눈물을
한양성 향해 뿌리네.

四遠雲俱黑, 中天日正明.
孤臣一掬淚, 灑向漢陽城.

---

* 병조판서로 있던 율곡이 송응개·박근원·허봉의 탄핵을 받자, 그 허물을 책임지고 물러나기를 청하여 율곡으로 돌아갔다. 7월에 송응개·박근원·허봉도 각기 귀양 갔는데, 이를 일러 계미삼찬(癸未三竄)이라고 한다.

율곡전서 습유 권1

栗谷 李珥

강릉으로 귀성하는 장윤을 보내면서
送張兄倫歸省臨瀛 1560

손꼽아 헤어보니 강릉이 육백 리 길
봄바람에 필마로 누구 위해 길 떠나나.
늙으신 어버이 기다리실 줄 멀리서도 알겠으니
풍경에 유혹되어 느릿느릿 가지 말게나.

屈指臨瀛六百程.　春風匹馬爲誰征.
遙知鶴髮占烏鵲,　莫惱煙光緩緩行.

청감당에서 중온의 시에 차운하여
陽智客軒淸鑑堂次仲蘊韻 1560

나아가면 재상이요
물러나와선 산에 살아,
분주한 것도 싫다 않고
한가로움도 싫다 않네.
하나의 근본이 만 가지로 달라짐을
그대가 믿는다면,
솔개와 물고기를
두 가지로 보지 말게.

進居台鼎退居山.　莫厭奔馳莫厭閒.
一本萬殊君若信,　鳶魚休作兩般看.

■
＊ "솔개는 날아서 하늘에 닿고, 물고기는 연못에서 뛰네"라는 구절이
『시경』 대아 「한록(旱麓)」 편에 있다. 어디에 살든간에 그 의리는 하나
임을 은유한 것이다. 이 시부터는 『율곡전서』 「습유(拾遺)」에 실려 있
다. 그래서 연대순으로는 앞에 놓아야 하지만 문집의 체제를 살려, 그대
로 뒤에다 놓는다.

아버님의 삼년상을 마치고 형님과 헤어지며
洪川旅舍別伯氏 1563

이지러진 달빛이 빈 처마로 들어오고
희미한 등불은 벽 위에서 어른거리네.
눈을 깜박이며 차가운 밤 새우노라니
온갖 소리 쓸쓸히 고즈넉해지네.
고어[1]의 눈물이 마르자마자
이별의 시름이 다시금 쌓이네.
모이고 흩어짐이 어찌 때가 없으랴만
나그네리 마음이 더욱 서글퍼지네.
세상일이야 이제 그만이라지만
가업은 자식들에게 이으라고 맡겨야지.
호랑이도 제 무리 찾기를 생각한다니
부지런히 자손들을 가르쳐야지
날이 밝으면 동서로 길이 갈릴 텐데
언덕이 가로막히는 걸 차마 못 볼레라.

■
* 이 해(1563) 가을에 찬성공(贊成公, 아버지 이원수)의 삼년상을 마쳤다. 선영 부근에 있는 선비들과 함께 죽은 부모님을 위한 풍수계(風樹契)를 모아, 길이 사모하는 마음을 부쳤다.
1. 주나라 고어는 지극한 효자였는데, 어머니를 잃고 슬퍼하면서 이렇게 말하였다. "나무가 고요하고 싶지만 바람이 멎지 아니하고, 자식이 봉양하고 싶지만 어버이가 기다리지 않는다(樹欲靜而風不止, 子欲養而親不待)"

缺月入虛簷，　殘燈閃半壁.
耿耿度寒更，　悄然羣籟寂.
皐魚淚初晞，　復值離愁積.
聚散豈無時，　客中尤慘戚.
世事今已矣，　家業憑嗣續.
於菟想覓黎，　孜孜須訓迪.
明朝路東西，　忍見坡隴隔.

강을 건너는 항량을 보내며

送項梁渡江 進士初試狀元 1564

언영[1]의 날씨 차갑지만 햇빛이 나려는데
포거[2]가 갑자기 사구 길에 굴러가네.
삼호 동요[3]에 맞추어 뭇 영웅이 일어나더니
한 조각 건곤이 먼지와 안개로 덮였네.
장군이 호랑이처럼 회계 당에서 부르짖자
팔천 건아가 노린내 맡은 개미들처럼 모여들었네.
더벅머리 은통[4]을 한 칼 휘둘러 죽이자
한낮 오나라 땅에 피비가 흩날렸네.
강에 이르러 군사들과 맹세하자 달과 별도 빛을 잃고
물귀신이 물결 일으키자 하늘도 노하였네.
강을 가로지른 천녀 척의 배가 노를 젓기도 전에
조룡[5]은 벌써 여산 무덤에서 흐느껴 우네.

■

*율곡이 진사(進士) 초시(初試)에서 이 시를 지어, 장원으로 급제하였다.
1. 초나라의 서울이다.
2. 진시황이 지방을 순행하다가 사구평대(沙久平臺)에서 죽자, 그의 죽음을 숨기기 위해 수레에다 생선을 실어 시체의 썩는 냄새를 속였다.
3. 초나라와 진나라는 숙적이었는데, 초나라가 비록 3호만 남더라도, 진나라를 무너뜨릴 나라는 반드시 초나라일 것이라는 동요가 떠돌았다. 또는 초나라의 3대 성인 소(昭)·굴(屈)·경(景) 세 집안을 3호라고도 한다.

그대는 본래 초나라 장수 후예라서
이번 걸음의 감격을 말로 나타내기 어려웠겠지.
옛 왕조의 그 치욕을 차마 말할 수 없어
지금도 남공[6]이 하늘 향해 울부짖는다지.
이릉[7]의 유곡은 횃불 아래 불살라 없어졌지만
장대[8]도 금수레 돌아오는 걸 보지 못하였지.
종거[9]가 끝내 함곡관[10]에 옮겨졌으니
보리 이삭 고개 숙인 걸 누가 감히 돌아보랴.
게다가 그대는 불공대천의 원한[11]을 품고
몸을 떨쳐 한번 죽음을 깃털보다도 가볍게 여겼네.
하늘이 장사를 낳을 때는 반드시 뜻이 있었으니
어버이 원수와 나라의 부끄러움을 갚으라는 분부였네.
충의를 앞세워 초나라 뒤를 세울 뿐
큰 못의 용이 여우 울음을 따질 게 무언가.

■

4. 진시황 때에 회계 태수였다. 진섭이 군대를 일으키자, 은통이 항량에게 이 기회를 놓치지 말고 힘을 합하여 진나라를 치자고 하였다. 그러나 항량은 은통을 죽이고, 자신이 태수가 되었다.
5. 진시황의 별칭이다.
6. 초나라의 도사인데, 삼호동요(三戶童謠)를 지었다고 한다.
7. 초나라 선왕의 묘소 이름, 초나라 양왕 21년에 진나라가 영 땅을 빼앗고 이릉을 불살랐다고 한다.
8. 진시황이 세운 궁궐의 이름이다.

만 리를 끌어당길 용의 걸음이 이제 시작됐으니
2당100의 산하[12]도 험고함을 잃었네.
광포한 진나라 잔학한 불꽃이 어찌 늘 치솟으랴.
그대가 응당 은하수를 끌어다 쏟아붓겠지.
쓸쓸히 말은 울고 군령은 삼엄한데
저녁 노을 깔린 강에 뱃소리만 들리네.
늠름한 모습 마주 대하자 머리털이 치솟으니
이번 이별에 아녀자를 어찌 그리워하랴.
정녕 막하에서는 만인도 대적하겠지만
강한 힘만 믿지 말고 관용에도 힘써야지.
하늘의 때는 이제 왔지만 나는 이제 늙었으니
그대 따라 건너지 못하는 것이 서글프기만 해라.

■
9. 종을 걸어 놓는 기구이다. 진나라가 천하를 통일한 뒤에, 다시는 전쟁을 일으키지 못하게 하려고 여섯 나라의 무기를 다 거두어 녹여 증거를 만들었다고 한다.
10. 진나라 동쪽 관문인데, 매우 험한 곳이다. 유방이 진나라와 싸울 때에 먼저 함양을 점거하고 함곡관을 지켰기 때문에, 항우가 함양에 들어가지 못하였다.
11. 한 하늘 밑에서는 같이 살 수 없는 원한. 임금이나 부모를 죽인 원수이다.
12. 진나라는 산천이 험악하여, 2만 명의 군사로도 적국의 100만 군사를 막아낼 수 있다고 하였다,

鄋郚寒日欲生曜．　鮑車忽駕沙丘路．
羣雄起應三戶謠，　一片乾坤漲塵霧．
將軍虎嘯會稽風，　八千健兒羶蟻聚．
殷通豎子一劍揮，　白晝吳中飛血雨．
臨江誓衆月星晦，　馮夷鼓浪天爲怒．
橫流千艘未擊楫，　祖龍已泣驪山墓．
嗟君本是楚將種，　此行感激誠難喻．
前朝羞辱不忍言，　至今南公向天顧．
夷陵遺骨一炬盡，　章臺不見回金輅．
竟移鍾簴入函谷，　麥穗離離誰敢顧．
況君常抱戴天冤，　奮身一死輕一羽．
天生壯士必有意，　親讐國恥今分付．
但將忠義立芉氏，　大澤狐鳴何足數．
龍拏萬里此日始，　百二山河失險固．
狂秦虐焰豈長熾，　君應手挽天河注．
蕭蕭馬鳴軍令嚴，　但聞鴉軋煙江暮．
凜然相對髮衝冠，　此別豈作兒女慕．
丁寧幕下萬人敵，　莫恃剛强務寬裕．
天時已復吾老矣，　慷慨不得隨君渡．

대화 가는 길에서
大和道中 1565

천 리 길이라 행색이 피곤한데
산길엔 어찌 이리 돌이 많은가.
여윈 말이라 채찍질해도 가지 않는데
지는 해는 높은 나뭇가지에 걸렸네.
앞산은 차츰 어두워지고
지나는 길엔 범의 발자국 많아라.
숲을 뚫고 외진 마을에 이르니
한 줄기 저녁연기가 푸르네.
늙은 할아비가 숨찬 말로
어떤 손님이냐고 울타리 밖에서 묻건만,
늙은 할미는 아이를 안고 나와
문을 가로막고 재워 주지 않겠다네.
말에서 내려 쌓아놓은 쑥대에 기댄 채로
너무나 지쳐 깜박 눈을 붙였더니,
관솔불 등걸불은 피고 있었지만
옷자락에 썰렁 한기가 들어라.
따뜻한 방을 빌려 달라 조용히 달랬더니
주인 늙은이 이맛살을 찌푸리네.
앞으로 불러다 한잔 술 권했지만
선 채로 마시며 즐겨하는 빛이 없네.
늙은이 혀를 차며 봉창 가리켜 말하기를

이따위 방을 내 어찌 아꼈겠소.
아이들이 흙 평상에 자게 되어
맨 다리 내놓는 걸 차마 못 보기 때문이라오.
들어가 아내더러 의논하겠다거니
한참 뒤에야 들어오라 허락하네.
체면을 무릅쓰고 몸 구부려 들어갔지만
머리를 들다가 천정을 들이받았네.
한밤중에 선잠을 깨고 보니
여러 아이들이 벽 뒤에서 떠들썩해라.
춥다고 옷 하나를 서로 다투며
손님 원망하는 욕설을 마구 내뱉네.
한숨을 쉬며 탄식할 밖에,
이 어찌 풍속이 나빠서이랴.
언제나 굶주림 없는 세상이 되어
가는 곳마다 인심이 순박해질까나.

千里行色困,　山路何多石.
羸馬策不進,　斜陽掛喬木.
前山漸欲暝,　所經多虎迹.
穿林抵孤邨,　一縷炊煙碧.
老翁喘且語,　隔籬問何客.

老婦抱兒出， 遮門不許宿.
下馬倚積蒿， 倦極交雙目.
松明與榾柮， 缺禁生寒粟.
緩頰借溫房， 主翁眉閒蹙.
呼前酌卮酒， 立飲無欣色.
彈舌指瓮牖， 此室吾豈惜.
兒輩依土牀， 不忍露赤脚.
請入謀諸婦， 良久乃肯諾.
強顏缺躬入， 舉頭頭打屋.
夜半假寐罷， 衆兒喧後壁.
呼寒爭一衣， 怨客恣罵辱.
喟然却輿歎， 此豈民風惡.
何時不贏粮， 到處人心朴.

보산역에 쓰다
題寶山驛二首 1565

1.
석양은 누런 먼지들 너머에 걸렸고
객사는 푸른 물에 그늘졌네.
나그네 찾아와 피로를 잊는 곳에서
산빛이 텅 빈 가슴으로 들어오네.

落照黃埃外,　郵亭綠水陰.
客來忘倦處,　山色納虛襟.

2.
연기가 오르니 나무그늘이 어둑하고
해가 넘어가자 산마저 컴컴해지네.
마음껏 한잔 술 기울이고 나자
창문 바람이 가슴에 가득하여라.

煙生樹翳翳,　日隱山陰陰.
快倒一杯酒,　當窓風滿襟.

■
＊보산역은 평산부 북쪽 20리에 있다. 경치가 좋아서 많은 시인들이 시
를 지은 곳이다.

국화를 심다
種菊月課 1567

국화 뿌리를 가랑비 속에 옮겨와
종더러 심으라 하곤 지팡이에 기대어 보네.
어찌 누런 꽃을 아름답게 여겼기 때문이랴,
숨어 사는 선비의 자태를 보고자 함일세.
잎은 피기도 전에 이슬을 받았고
새로 뻗은 가지는 서리를 업신여기네.
모든 꽃들이 바람에 다 떨어진 뒤에
우리 서로 추운 겨울 함께 지나고저.

香根移細雨,　課僕倚笻遲.
豈爲金華艶,　要看隱逸姿.
未敷承露葉,　新展傲霜枝.
百卉飄零後,　相諧歲暮期.

회원관 벽에서 장인의 필적을 보고 서글픈 느낌이 들다
懷遠館壁上見外舅筆迹悽然有感 1568

벽 사이 남은 글씨가 반쯤 흐릿해
눈 부비며 읊다 보니 눈물이 옷을 적시네.
덧없는 이 세상에 글씨는 남았건만
구원에 가신 혼은 언제나 돌아오시려나.

壁間遺墨半熹微.　拭眼吟來淚濕衣.
鴻印雪泥留指爪,　九原魂散幾時歸.

인정과 법은 나란히 하기 어려워

次思可偶吟韻 1568

인정과 법은 나란히 하기 어려워
중도를 찾아보면 사심에 빠져드네.
스스로 부끄러워라 나는 덕이 없어서
나의 몸가짐을 예절로 다스리지 못했었네.

情法元難竝,　求中便入私.
自慙非有德,　無以禮齊之.

■
　* 원제목은 〈(명나라 사신) 목사가의 우음시에 차운하다〉이다.

고향으로 가는 길에
卽事 1569

해당화 강변길은 멀기만 한데
말에 채찍질하며 고향으로 달려가네.
고향 산천은 끝없이 정답고
친한 벗은 언제나 즐겁기만 해라.
한 단지 술로 헤어지는 한을 녹이고
천 수의 시를 지어 시름을 달래네.
게다가 중앙의 절기를 만나
함께 즐기며 국화를 구경한다네.

海棠江路遠, 策馬返家鄉.
丘水情無極, 親朋樂有常.
一樽消別恨, 千首遣愁腸.
更得重陽日, 同歡翫菊黃.

■
 * 1569년 6월에 홍문관 교리에 제수되었지만 사양했었는데, 윤허하지
않았으므로 7월에 조정으로 돌아왔다. 8월에 다시 상소하여 늙으신
외할머니를 모시기 위해 해직하기를 청하였지만, "조정에 있으면서도
오가면서 돌보라"고 달래며 선조 임금이 허락하지 않았다. 그리고는 이
조에 명하여, "외할머니를 찾아가 돌보는 일이 비록 법례는 아니지만,
특별히 다녀오도록 해주는 것이 좋겠다"고 하였다. 율곡이 10월에야 휴
가를 받아 강릉으로 돌아왔다. 이 고향길에 결국 외할머니의 상을 당해
곡하였다.

눈을 씹으며
嚼雪 1569

그늘진 낭떠러지에 서늘한 기운이 쌓여
봄 지난 눈이 아직도 남아 있구나.
동구에 들어설 적엔 아무런 생각 없었건만
차가운 연못을 보니 마음까지도 맑아지네.

陰崖爽氣積,　中有經春雪.
入口瑩無思,　寒潭心共潔.

스님의 두루마리에 차운하다
次僧軸韻 1569

내가 무리에서 떠난 걸 마음 아프게 여겨
문 두드리고 찾아온 스님이 있으니,
온 산에 두루 돌아다니다가
외딴 선방에 초연히 앉아 있기도 하였다네.
진흙 속에 묻혀 있어도
마니는[1] 본래 저절로 원만한 법이건만,
어쩌다 정반왕의 아들은[2]
하늘 밖에서 다시 하늘을 찾았던가.

病我離羣日,　敲門有衲禪.
千山行自在,　一室坐翛然.
塵垢雖相溷,　摩尼本自圓.
如何淨飯子,　天外更求天.

■
1. 아주 좋은 구슬을 가리킨다.
2. 석가의 아버지인 정반왕이 인도 히말라야 산맥 남쪽에 있는 가비라
성(迦毗羅城)의 성주였다.

경혼에게 주다
贈景混 1569

그대와 내가 겉으로 공경하지는 않았지만
서로 마음을 허락하여 친하게 지냈었지.
관동 달빛 아래서 처음 만나고는[1]
한양 봄바람에 술잔을 같이 나누었지.
외진 곳에 살면서는 골짜기를 이웃 삼았고
깊은 시골에선 찾아오는 손님을 거절했었지.
고요한 가운데 정담 나누기도 흐뭇한데
구슬 같은 그대의 시가 눈에 새롭게 비치네.

與君無貌敬,　相許結心親.
傾蓋關東月,　同樽漢北春.
僻居隣澗壑,　深巷絶蹄輪.
靜裏情談洽,　瓊辭照眼新.

■
* 경혼은 심장원(沈長源)의 자이다.
1. 원문의 경개(傾蓋)는 길에서 우연히 만나 수레 덮개를 마주대고 서
로 이야기하는 것처럼, 한번 보고도 서로 친해지는 경우를 가리킨다

최황의 시에 차운하여 헤어지는 마음을 말하다
次崔彦明滉韻敍別三首 1572

1.
헤어지기 아쉬워 아름다운 글귀를 남기고는
목란배를 타고 곧 떠나려 하네.
산 속의 오막살이에 살며
이 시만 읊어도 굶주림을 잊을만 해라.

惜別留佳句,　蘭舟欲發時.
山中掩衡宇,　吟此可忘飢.

2.
좁쌀 하나가 넓은 바다에 떠 있고
초파리 한 마리가 우주에 붙어사네.
어찌 썩다 남은 것들을 그리워해서
부질없이 풍진 세상을 향해 달려가겠는가.

一粟浮滄溟,　醯鷄寄宇宙.
何須慕腐餘,　漫向風塵走.

3.
쓰이거나 버려지는 것도 모두 명에 달려 있고
도를 행하거나 감추는 것도 사람에 달려 있지는 않다네.
한평생 하늘을 돕겠다고 뜻을 세웠건만
도리어 한낱 궁한 백성이 되고 말았네.

用舍皆由命,　行藏不在人.
生平補天志,　却作一窮民.

고향 시골집에서 아우와 헤어지다
別舍弟于高陽村舍 1576

가을 해는 산봉우리에 떠오르고
난초 밭에는 이슬이 아직 젖어 있네.
섭섭한 마음 있어도 말을 꺼내지 못하자
나그넬 대신해서 귀뚜라미가 울어 주네.

秋日上林巒,　蘭畦餘露濕.
含情未發言,　替客寒蛩泣.

승지 정유일을 곡하다
哭鄭承旨子中惟一 1577

맑은 세상에 맑은 이름을 날리니
남들은 중한 임무를 맡으리라 기대했건만,
이 사람에게 이런 병이 있었으니
하늘의 도를 어찌 믿으랴.
도산의[1] 학업을 미처 마치지 못하고
월나라 나그네의 마음을 몹시 슬프게 하네.
상여를 떠나보내기가 어려워
병든 벗의 눈물이 옷깃을 적시네.

清世馳淸譽，　人期荷重任.
斯人有是疾，　天道竟何諶.
未卒陶山業，　深悲越客吟.
靈輔難可送，　病友淚沾襟.

---

1 정유일이 퇴계 이황에게 찾아가 배우고 있었다.

천연스님에게 지어 주다

贈天然上人余到安峽巖泉寺天然來謁是曾破智異山天
王峯淫祠者也

천연스님은 일찍부터 이름난 선사
장한 기운이 부주산을 떠받들 만해라.
한 주먹으로 천왕봉 바위를 부수자
두류산에 요사한 기운이 다 없어졌네.
조주선사의 무에[1] 귀참하여
한번 깨닫자 속세 인연을 그치게 하였네.
선사의 발자취는 일정한 곳이 없어
물병 하나에 지팡이 하나로 구름 따라 노닌다네.
내가 암천사에 이르러
차가운 바위 머리에 기대어 있자,
천 리 멀리서 찾아온 선사가
한번 웃으며 푸른 눈동자를 내게로 돌렸네.
밤새도록 외로운 등불을 마주하고
맑은 이야기로 나그네 시름을 녹였네.
날이 밝으면 소매 들어 헤어지고
멀고먼 금강산 길을 떠나겠지.
다시 만날 날이 그 언제인지
하늘가에는 긴 눈썹이 떠 있겠지

■
* 제목이 길다. <천연스님에게 시를 지어 주다. 내가 안협의 암천사에
이르자 천연스님이 찾아와 인사하였다. 그는 예전에 지리산 천왕봉의
음사를 (주먹으로) 깨뜨린 자이다.>

然師舊聞名, 壯氣擎不周.
一拳破山石, 妖氛霽頭流.
歸參趙州無, 一悟塵機休.
禪蹤無定所, 瓶錫隨雲遊.
我到巖泉寺, 迥倚寒巖頭.
師從千里來, 一笑回靑眸.
永夜對孤燈, 淸談消客憂.
明朝擧別袖, 路指金剛脩.
重逢渺何許, 天末脩眉浮.

■
1. 어떤 스님이 조주종심선사(趙州宗諗禪師)에게 "개도 불성(佛性)이 있습니까?"하고 물었다. 그러자 선사가 "없다(無)"라고 대답하여 그로 하여금 도를 깨우치게 하였다. 조주는 당나라 때의 스님이었는데, 속성은 학(郝)이다.

부록

율곡의 생애와 시

율곡(1536~1584)은 조선 중기의 목릉성세(穆陵盛世)라는 풍요
로운 문운(文運) 속에서 태어났다. 그리고 명문의 혈통을
이어받은 자제로 유복한 가정환경 속에서 성장하였다. 어
머니 사임당 신씨의 인자한 보살핌 속에서 일찍부터 천재
적인 면모를 보여주고 있었다.

이미 16세 때 유가경전은 물론 제자서를 두루 섭렵하고,
나아가 불학(佛學)에 대한 관심까지도 보이고 있었던 것이
다.

그러나 이 해에 어머니 사임당의 부음을 받게 되면서 정
신적으로 상당한 충격을 받았던 것으로 보인다. 더욱이
새로 맞아들인 서모와의 갈등이 더욱 고뇌에 빠지게 하였
던 것이다. 그 후 19세 때 율곡은 몸과 마음의 안정을 되
찾고자 하고, 또한 평소의 불교에 대한 학문적인 호기심
을 해소하고자 하여 산사를 찾게 되었다. 율곡의 젊은 시
절, 승려들과 주고받은 시가 많은 까닭도 여기에 있다.

율곡이 불교에 관심을 가진 것을 때로는 비판적으로 보지
만, 율곡의 철학적인 세계를 확장시키는 데 있어서는 중
요한 계기가 되었던 것으로 보인다. 이러한 대담한 정신
적인 편력을 거치면서 인생과 자연, 나아가서는 성리학
전반에 대한 인식을 심화시킬 수 있었던 것이다.

그러나 출가는 유가의 선비가 취해야 할 도리가 아니었다.
선비로서 출사하여 나라에 봉공하고 자신의 철학적인 경

륜을 천하에 펼치는 것이 올바른 태도라고 여겨졌고, 그리하여 이내 속세로 돌아와서 관직에 나아가게 되었던 것이다. 그 후 율곡은 조정에 들어가 시무를 교정하고 백성들의 곤궁한 처지를 구하고자 애쓰는 등 탁월한 경륜을 남겼다. 또한 당쟁의 조짐이 보이자 이를 무마시키기 위하여 갖은 노력을 다하였다. 도학을 하는 선비로서 중용(中庸)의 도리를 지키고자 했던 것이다.

율곡은 우리나라의 주기론을 정립하면서 이후의 기호학풍의 밭을 일군 학자이다. 그가 젊어서 책제(策題)에 응하여 지은 <천도책(天道策)>은 중국의 학자들에게까지 널리 알려져 이름을 떨칠 만큼 탁월한 사상을 전개하고 있었다.
율곡의 주기론은 당신의 성리학이 다소 관념적으로 흐르는 것을 깨닫고, 오히려 자연 자체의 생성원리로부터 인간의 삶을 이해하고자 하여 제시된 것이었다.
따라서 자연의 실체인 기(氣)를 통해서 세계를 이해하고자 하였고 여기에서 인성(人性)도 또한 자연의 본질인 기(氣)를 근거로 하여 논의하게 되었던 것이다. 이러한 탓에 자연 율곡은 관념적이기보다는 오히려 현실에 더 많은 관심을 갖게 되었고, 그래서 때로는 선조에게 <진시폐소(陳時弊疏)>, <만언봉사(萬言封事)> 등의 시무책을 제시하여 민생을 확립할 것을 주장하면서 백성들의 고충을 덜고자 하였다.
이 점에서 율곡은 실학의 선구적 위치에 놓이기도 하였다.
그리하여 이러한 독자적인 사상 체계를 수립함으로써 자신보다 35세나 연상인 퇴계와 겨루면서 퇴계의 주리론에

견줄 수 있는 '기발이승일도서(氣發理乘一途說)> 등을 내세워 조선 중기의 대학문 논쟁을 야기하게 되었던 것이다.

그런데 율곡은 이처럼 도학의 탐구에 전념하면서도 다만 여기에 그치지 않았다. 퇴계처럼 율곡도 상당한 분량의 시작을 남기고 있다. 그리고 빼어난 시풍을 과시하고 있다.

실제로 박세채(朴世采)는 조선 중기의 팔문장을 논하면서 율곡을 그 중 한 사람으로 들기도 하였다. 율곡은 젊은 시절, 삶에 대한 번민을 느끼면서 산사에 들어가 많은 시를 남겼다. 산사를 돌아다니며 자연에 심취하기도 하고, 또한 성리학의 연구에 몰입하면서 자유스럽게 시작에 임하였던 것이다.

이때의 시 속에는 승려들과 교유한 시가 유난히도 많다. 속세를 떠난 선비의 심경이 담담히 그려져 있다. 또한 구도적인 삶을 통해 도학을 연마하면서 자신의 도심을 정갈한 심사를 통해 표현하고 있다. 자연을 벗삼아 거칠 것 없는 심경이 충만해 있다. 이 때문에 율곡의 시 속에 보이는 이취(理趣)는 이미 일찍부터 실마리를 보이고 있었다. 그런데 율곡은 다만 산사에 머물러 불학에만 관심을 가진 것이 아니다. 산수 자연을 기행하면서 그의 행적을 그대로 시로 적고 있다. <풍악산에서 본 대로 쓰다(楓嶽記所見)>라는 시의 서두 몇 구절을 들어보기로 한다.

　타고난 천성이 산수를 좋아해서
　지팡이에 나막신으로 동쪽에 노닐었네.

세상일은 도무지 마음에 없어
　　다만 명산을 찾아 풍악으로 향하였네.

자연을 벗 삼아, 조촐하게 여장을 꾸리고 유람하는 선비의 심경이 눈에 선하다. 세상사를 털어버리고 산수 자연에 묻혀 노닐고자 했던 것이다. 이와 같이 율곡의 시 속에는 자연을 즐기면서 살고자 하는, 탈속의 기품이 엿보인다. 오히려 세상의 고뇌는 씻은 듯이 잊고 있는 것처럼 보인다.

학자로서의 기품을 은은하게 드러내면서 자신의 구도적인 자세를 시를 빌어 찾고 있었던 것이다. 따라서 율곡의 시는 그의 도학 사상의 한 실천적인 행위를 통해서 이루어진 것이었다. 그래서 <하수에 이르러 탄식하다(臨河歎)>라는 시에서는 "아름다워라, 저 하수여/공부자의 마음을 참으로 알았으리라(美哉彼河水 實獲仲尼心)"라고 한다.

강물에 비기는 공자의 심경처럼 유유하고 그리고 너그러운 심경, 그것이 곧 율곡의 시심이었던 것이다. 퇴계가 온유한 성품을 통해 자연을 바라보던 것과는 또다른 유연한 품격을 보여주고 있는 것이다.

이러한 탓에 율곡의 시 속에는 선비이자 대학자로서의 호연한 기품이 넘치고 있다. 목릉성세의 화려한 문풍이 한 시대를 격동시키고 있음에도 오히려 율곡에게는 당풍(唐風)과 같은 섬세한 정감이 나타나기보다는 유가 선비로서의 담담하고 절제된 정취가 격조 높게 풍겨나오고 있는 것이다.

남용익(南龍翼)은 율곡의 시를 통명(通明)하다고 하였다. 그의 호연한 기상처럼 시원스러운 기풍을 이룬 것이다. 정감에 치우치지 않았기 때문에 군더더기가 없고, 자유롭게 산천을 기행하듯이 썼기 때문에 툭 트여 있었던 것이다. 율곡의 시는 시의 미적인 표현에 대하여는 그다지 관심을 기울이지 않고 있다.

이는 율곡이 시의 미적인 정취를 간과한 것이라기보다는, 유가 선비 본연의 모습을 찾고자 하고, 그래서 선비로서의 굳건한 기상을 읊고자 했기 때문이다. 이 점에서 율곡의 시는 도학자로서의 삶과 유리되어질 수 없었다. 이는 율곡이 지닌 세계관이나 현실인식과도 어느 정도 관련이 있는 것이었다. 이러한 생각이 나아가서 <만언봉사소>에서는 백성들의 삶의 궁핍한 사정을 고발하고 지방관의 토색질을 비판하게 되었고, 민의를 중요시하는 '국시론(國是論)'을 전개하기에 이르렀던 것이다.

율곡은 조선 중기의 대학자이자 실학의 선구자이기도 하며 시인이자 문장가였다. 자신의 젊은 시절, 많은 번민을 거치면서 자연과 인생을 사유하여 주기론을 정립하였고, 이 주기론은 이후 기호학파 학자들의 충만한 학문적인 결실을 예견하게 해준 것이었다.

이 점에서 그의 시풍 또한 도학자로서의 기품을 유감없이 보여준 것이었고, 기호학풍의 터전을 일군 종장(宗匠)다운 경지를 열어갔던 것이라고 하겠다.

- 윤기홍

[연보]

1536년, 중종 31년 강릉 오죽헌에서 이원수와 사임당 신씨의 아들로 태어나다.

1551년, 모친 신 부인의 상을 당하다.

1554년, 우계(牛溪) 성혼(成渾)과 교제하다. 이 해 3월에 금강산에 들어가 불가의 선학(禪學)을 탐구하다.

1555년, 속가(俗家)로 돌아오다.

1556년, 책문(策文) 시험을 보았는데 한성시(漢城試)에서 장원으로 뽑히다.

1557년, 성주목사(星州牧使) 노경린(盧慶麟)의 딸과 결혼하다.

1558년, 예안으로 퇴계 선생을 찾아가다. 퇴계 선생과 더불어 학문을 강론하고 율시(律詩) 1편을 지어 드리다.

1561년, 부친 찬성공(贊成公)의 상을 당하자, 사임당 묘소에 합장하다.

1564년, 생원 진사과에 합격하고, 다시 명경과에 급제하여 호조좌랑을 제수받았다. 이때부터 관직 생활에 접어들었다.

1569년, 「동호문답(東湖問答)」을 지어 선조에게 바치다.

1570년, 해주의 처가에 가서 고산(高山)의 석담구곡(石潭九曲)의 경관을 보고는 여기에서 살 계획을 세우다. 41세 되는 해 10월에 해주에 내려가 살고, 형제들을 불러 함께 기거하다.

1571년, 해주에서 파주 율곡으로 돌아오다. 이조정랑에 제수되었으나 나가지 않았다. 이 해에 향약을 짓다.

1572년, 우계 성혼과 더불어 이기(理氣), 사단칠정(四端七情), 인심도심설(人心道心說)을 논하다.

1574년, 우부승지로 승진되고 「만언봉사(萬言封事)」를 올리다.

1575년, 「성학집요(聖學輯要)」를 지어 바치다.

1576년, 파주 율곡으로 돌아오다. 관직에서 은퇴할 것을 결심하다.

1577년, 『격몽요결(擊蒙要訣)』이 이루어지다. 초학자들의 학습을 위하여 저술한 책이었다.

1578년, 은병정사(隱屛精舍)를 짓다. 주자(朱子)의 무이정사(武夷精舍)에 견주어 지은 것이었다. 이때부터 원근의 학자들이 더욱 많이 찾아왔다. 이 해에 다시 「만언소(萬言疏)」를 올리다.

1579년, 『소학집주(小學集註)』가 완성되다.

1580년, 『기자실기(箕子實記)』를 편찬하다. 이 해 대사간으로 부름을 받고 나갔으나 사은(謝恩)하고 곧 돌아오다.

1582년, 이조판서에 임명되어 세 번이나 사양했으나 허락되지 않았다. 이 해 7월에 「인심도심설」을 지어 바치다. 또 『김시습전』을 짓다. 8월에는 형조판서가 되고, 9월에는 의정부 우참찬이 되다.

1583년, 조정에 나아가 왜구의 침입에 대비하여 '십만양병설'을 주장하다.

1584년, 정월 16일에 병환으로 한성 대사동에서 작고하다.

1610년, 선생과 퇴계 선생을 문묘에 배향하자고 주청하다.

1611년, 문집이 간행되다.

1624년, 문성(文成)이라는 시호가 내려지다.

[原詩題目 찾아보기]